Samt und Seide

Frido Anders

SAMT & SEIDE

Ein Leben für die Liebe

Roman

vgs

Bibliografische Information Der Deutschen Bibliothek
Die Deutsche Bibliothek verzeichnet diese Publikation
in der Deutschen Nationalbibliografie; detaillierte
bibliografische Daten sind im Internet über
http://dnb.ddb.de abrufbar.

Der Roman »Ein Leben für die Liebe« basiert
auf der Fernsehserie »Samt und Seide« nach den Drehbüchern
von Jürgen Werner und Michael Baier
produziert von
NDF mbH für das ZDF

1. Auflage 2004
Egmont vgs verlagsgesellschaft, Köln

Redaktion: Eva Neisser
Produktion: Lisa Hardenbicker
Umschlaggestaltung: Alex Ziegler, Köln
Titelfoto: N. Gradicsky
Satz: Greiner & Reichel, Köln
Druck: Clausen & Bosse, Leck
Printed in Germany
ISBN 3-8025-3338-0

Kurzschluss

Lena war fort. Einfach verschwunden. Zum letzten Mal gesehen hatte man sie auf der Modenschau in der *Galeria*, wo Daniel Kruse mit seiner ersten Kollektion brilliert und auch die Chefdesignerin der *Fashion Factory* noch Zuversicht verbreitet hatte. Seitdem fehlte von ihr jede Spur. Nur Klein-Florian und einige persönliche Dinge hatte sie aus der Villa mitgenommen. Der Grund für ihr überraschendes Abtauchen, das fast wie eine Flucht aussah, blieb gänzlich im Dunkeln. Noch duldete die Geschäftsleitung mit vordergründiger Gelassenheit das Gerücht, Lena habe, entnervt von Intrigen und Anfeindungen, alles hingeschmissen, und versuchte, diesen Vorwurf mit der Erklärung zu entkräften, dass auch der kreativste Mensch einmal der Erholung bedürfe.

Aber wieso so plötzlich? Und ohne jede Vorankündigung? Bohrende Fragen, auf die es keine befriedigenden Antworten gab und die mit dem lapidaren Hinweis, Sprunghaftigkeit sei ein unverzichtbarer Wesenszug künstlerischer Naturen, nur unbefriedigend beantwortet wurden.

Hinter den Türen der Geschäftsleitung machte sich jedoch allmählich hektische Betriebsamkeit breit. Mehr als eine Woche war ohne jedes Lebenszeichen von Lena Czerni verstrichen. Was, wenn sie, das Herz und der Motor der Firma, wirklich nicht mehr zurückkehrte? Einige indes gab es, denen ein Ausscheiden der Chefdesignerin bestens ins Konzept passen würde. Die einen solchen Abschied, wenn er denn Realität würde, sogar als Frucht ihrer Bemühungen betrachten durften. Allen voran Lenas Intimfeindin Birgit Meyerbeer.

Doch so sehr Birgit den sich abzeichnenden Erfolg auch genoss, sie war vorsichtig genug, sich keinen verfrühten Triumphgefühlen hinzugeben. Schon mehrfach hatte sie sich ihrem Ziel, die Rivalin aus der Firma zu drängen und selbst die Zügel in die Hand zu nehmen, nahe gesehen, um dann zu erleben, wie Lena in letzter Sekunde doch noch einen Trumpf aus dem Ärmel zog. Diesmal sollte ihr das nicht gelingen! Vor allem, und dies war im Moment das Dringlichste, galt es allen Zweiflern zu beweisen, dass es auch eine Ära nach Lena Czerni geben würde – und zwar eine nicht minder erfolgreiche.

Aus diesem Grund hatte sie an diesem Morgen Daniel Kruse zu sich zitiert. Sie ließ es sich nicht anmerken, doch sie genoss das fassungslose Staunen auf seinem Gesicht, als sie ihm die Leitung der Designabteilung anbot, denn dieses Staunen war der Widerschein ihrer Machtfülle, die zu befestigen und zu sichern sie nun angetreten war.

»Sie meinen … ich soll …?« – Kruse wagte nicht einmal, den Satz zu beenden.

»Frau Czernis Job übernehmen, richtig.« Birgit ließ es so klingen, als sei es für sie eine Kleinigkeit, dies zu verfügen. Dass es für ihn indes eine so große, vielleicht zu große Sache war, verdeutlichte nur noch einmal das Machtgefälle, das zwischen ihnen bestand. »Trauen Sie sich das zu?«

Kruse schluckte trocken. Natürlich konnte er eins und eins zusammenzählen. Wenn er Lenas Aufgaben übernehmen sollte, konnte das nur bedeuten, dass Lena auf absehbare Zeit nicht wiederkam; vielleicht sogar nie mehr. Birgits Angebot indes war ebenso verlockend wie beängstigend. Nicht im Traum hätte er daran gedacht, eine solche Position erreichen zu können. Nicht nur, weil er noch nicht lange in der Firma war, sondern auch weil man ihn, den Paradiesvogel, nie wirklich ernst genommen hatte. Lenas Handlanger zu spielen, war alles, was man ihm bisher zugetraut hatte. Nur Lena, deren lockerer und doch eleganter Stil stets eine Quelle der Inspiration für ihn gewesen war, hatte von Anfang an auf ihn vertraut und ihn ermuntert. Dass er sie nun beerben sollte, war zwar eine traurige Ironie des Schicksals, aber vielleicht auch in ihrem Sinne. Zumindest hoffte er das.

»Nun?«, fragte Birgit noch mal, da er anhaltend schwieg. Sie erhob sich und trat ans Fenster.

»Natürlich ... ja ... nur ... In drei Wochen findet die Première Vision statt. Und die Herbstkollektion steht auch an. Außerdem, das Label läuft doch unter *Czerni* und nicht *Kruse.*«

Birgit hatte sich umgewandt und sah aus dem Fenster. Sie hörte Zweifel aus Kruses Worten. Selbstzweifel. Aber auch Zweifel an ihrem Konzept. Vielleicht sogar an ihrer Person. Sie versuchte, die aufkommende Verärgerung im Keim zu ersticken. Unten sah sie die beiden Althoferbrüder aus Felix' Porsche steigen. Roland war in der Firma ihr engster Verbündeter. Felix verhielt sich wie immer opportunistisch. Er weinte Lena zwar keine Träne nach, aber wenn ihr Abgang ihm auch nur vorübergehend Verluste bereiten oder seine Position schwächen würde, würde er keine Sekunde zögern, sie zurückzuholen. Sich auf ihn zu verlassen, hieß, irgendwann verlassen zu sein.

»Verstehen Sie mich nicht falsch, Frau Meyerbeer«, sagte Kruse in ihrem Rücken, »aber ich dachte immer, Frau Czerni ist hier der Chef.«

Zweifel, nichts als Zweifel! Birgit war es leid! Mit einer raschen Bewegung fuhr sie herum und fixierte Kruse, dem die letzte Bemerkung offenbar schon wieder unangenehm war. »*Czerni* ist nur ein Label«, erklärte sie kühl, »ein Label der Firma *Althofer*; das heißt der *Fashion Factory*. Wer unter diesem Label produziert, ist völlig egal.«

Der Designer hätte einiges einzuwenden gewusst, unterließ es aber lieber. Birgit trat näher und setzte sich auf die Kante des Schreibtisches. Ihre Miene wurde milder, ihr Blick vertraulicher. »Ich vertraue Ihnen jetzt etwas an, das Sie aber für sich behalten, klar?« Kruse nickte. »Frau Czerni ist nicht im Urlaub. Sie ist gegangen. Und jetzt frage ich Sie noch mal: Trauen Sie sich den Job zu?«

Damit war es offiziell. Und Kruse verwandelte sich im Nu gänzlich in ein Bündel widerstreitender Gefühle und Gedanken. »Von so einer Chance träumt unsereiner ein Leben lang«, antwortete er schließlich hilflos. Birgit nahm das für ein Ja. Den Blick unverwandt auf sie gerichtet, erhob sich der exzentrische Designer. Er versuchte, ihre Gesichtsmaske zu durchdringen, doch es gelang ihm nicht. »Ich werde trotzdem den Verdacht nicht los, in Ihrem Schachspiel ein kleiner Bauer zu sein, den Sie ausschicken, die Dame zu schlagen.« Er wusste nur zu gut, dass der Bauer beim Schachspiel am wenigsten zählte und darum als Erster geopfert wurde.

»Falsch«, versetzte Birgit lächelnd. Die Grübchen in ihren Wangen vertieften sich. »Sie sind meine Dame.«

»Und wer ist der König? Sie?«

»Sagen wir: die Königin.«

Sie streckte ihm die Hand entgegen. Daniel Kruse deutete eine Verbeugung an und hauchte einen Kuss auf ihre Hand. Ganz so, wie es einer Königin zukam, die einem ihre Gunst erwiesen hatte. Birgit sah das nicht ohne Vergnügen.

Erst auf dem Flur gestattete sich Kruse endlich Glücksgefühle. Einen derart rasanten Aufstieg in einer so renommierten Firma hatte ihm niemand zugetraut – er sich selbst am allerwenigsten! Da vernahm er die Stimmen der beiden Althoferbrüder sowie ihre Schritte auf der Treppe. Auch sie kannten an diesem Morgen offenbar nur ein Thema: Lena und die Zukunft der Firma.

»Lena kommt nicht wieder«, hörte er Roland gerade sagen. »Ich weiß das definitiv.«

»Von wem? Von Birgit?«

Aus Felix' Stimme sprach eine Spur Verachtung. Schon seit langem missfiel ihm, wie Roland sich von seiner neuen alten Liebe Birgit manipulieren ließ. Für Felix war diese Frau kalt wie eine Hundeschnauze, und dass Roland nicht von ihr loskam, musste mit einer Art Mutterkomplex zu tun haben, denn Hedda war nicht anders gewesen.

»Ich weiß es von Vater«, teilte Roland mit.

Nun war Felix doch ein wenig irritiert. Wenn Wilhelm das sagte, war vermutlich was dran. »Lena ist also doch bei ihm?«, fragte er rasch. Sein Vater hatte dies auf Nachfragen stets verneint.

Roland dämpfte seine Stimme. »Sie hat irgendwo in der Stadt eine Wohnung gemietet.«

In diesem Moment vernahmen die beiden Kruses Schritte auf der Treppe. Wenig später tauchte er auch schon vor ihnen auf. Er war noch immer benommen von dem, was er eben erlebt hatte. Roland, der am Morgen mit Birgit das weitere Vorgehen besprochen hatte und sich folglich denken konnte, was für gute Nachrichten der Designer eben erhalten hatte, sparte nicht mit Lob und Ermunterung für ihn und klopfte ihm sogar mehrmals auf die Schulter. Felix sah und hörte es mit Erstaunen. Auf der Fahrt in die Firma hatte Roland durchblicken lassen, dass Kruse als Mann der Stunde galt, vor allem wohl mangels attraktiverer Alternativen. Doch da hatte Felix das Ganze noch für Planspiele gehalten. Jetzt freilich sah die Sache anders aus.

»Kruse kann das nicht!«, beschwor er seinen Bruder aufgeregt, nachdem der frisch gebackene Chefdesigner außer Hörweite und sie beide wieder auf dem Weg zu ihrem Büro waren.

Roland setzte die inzwischen für ihn, den früheren Choleriker, typisch gewordene Gelassenheit auf. »Entspann dich. Lena ist auch nur ein Mensch. Und wie jeder andere Mensch ist sie ersetzbar. Sieh es doch mal so: Das ist unsere Chance, in der Firma wieder was zu werden. Die Herren im eigenen Haus! Denn das hier ist weder *Czerni* noch *Meyerbeer*, sondern *Althofer*.«

»Richtig heißt der Laden eigentlich *Fashion Factory*«, korrigierte Felix mit spitzem Unterton. »Zumindest wird er unter diesem Namen an der Börse gehandelt. Und Anleger sind, wie du weißt, eine äußerst sensible Spezies. Was glaubst du wohl, wo wir den Kurs wiederfinden, wenn sich erst rumspricht, dass Lena hier nicht mehr arbeitet? Mensch, das Loch muss erst gegraben werden!«

Rolands Zuversicht war jedoch nicht zu erschüttern. »Bis Jahresende steht der Kurs bei fünfunddreißig, wetten? Das Label gehört *Althofer*, nicht Lena. Und was wissen die Kunden schon, wer dahinter steht? Das interessiert sie auch gar nicht.«

Solange ihnen die Mode gefällt, dachte Felix. Ob das freilich mit Kruse als Chef fürs Kreative noch der Fall sein würde, daran hatte er seine Zweifel. Lena hatte Kruse eng an der Leine geführt und so war es zu anerkennenswerten Designs gekommen. Doch wer sollte seine überbordende Fantasie und seinen Hang zum Exaltierten jetzt zügeln? Aber Felix behielt seinen Einwand für sich. Sie waren vor dem Büro angekommen, und Roland hatte die Klinke schon in der Hand.

Wilfried Holzknecht hielt die Ungewissheit nicht mehr aus. Lena im Urlaub? Das glaubte doch kein Mensch! Wieso hätte sie ihm, dem sie ansonsten so ziemlich alles anvertraute, nichts davon gesagt? Wieso antwortete sie nicht auf seine von Mal zu Mal drängenderen Bitten, ihn zurückzurufen, die er in regelmäßigen Abständen auf ihrer Mailbox hinterließ? Natürlich kannte auch er die Gerüchte über ihren endgültigen Ausstieg, und er fürchtete, es könne mehr dran sein als irgendjemand ihm gegenüber zugab. Etwas musste in jener Nacht nach der Modenschau passiert sein, das Lena zu einer Kurzschlusshandlung getrieben hatte! Wenn es jemanden in der Firma gab, der die Wahrheit kannte, dann war das Waltraud. Schließlich war sie nicht nur ihre Sekretärin, sondern auch eine ihrer engsten Freundinnen und Vertrauten.

Mit einem mulmigen Gefühl im Bauch machte Holzknecht sich auf zum Gebäude der *Fashion Factory*. Er wäre Waltraud lieber aus dem Weg gegangen, denn ihm war nicht verborgen geblieben, welche Absichten sie hegte. Nach der Modenschau hatte sie ihm keine andere Wahl gelassen, als mit ihr ein Bier trinken zu gehen; daraus waren am Ende drei Pils geworden und eine Menge unschwer zu deutender Anspielungen. Dunkel entsann er sich einer Einladung, die er unter sanftem Druck ausgesprochen hatte und an die er nur ungern erinnert werden wollte.

Als Holzknecht Waltrauds Büro betrat, telefonierte sie gerade. Doch als sie aufblickte und ihn sah, funkelten ihn ihre Augen sofort begehrlich an, sie errötete sogar ein wenig. Sie beendete ihr Gespräch rasch und trat freudig auf ihn zu. »Gerade wollte ich Sie anrufen«, lachte sie.

Er konnte sich schon denken, weshalb, und kam darum umso schneller zum Grund seines Besuchs. »Können Sie mir sagen, wo ich Frau Czerni finde?«

Waltraud ging darüber einfach hinweg und fragte nur: »Sie haben hoffentlich die Einladung nicht vergessen?«

Die hat Nerven, dachte Holzknecht missmutig. Die Welt geht unter, und sie denkt nur an ihren Hormonspiegel. »Ich muss dringend mit Frau Czerni sprechen«, beharrte er, ohne auf ihre Frage einzugehen, »und wenn ich dafür nach Australien fliegen müsste.«

In der Tat wünschte er sich im Moment auf diesen fernsten Kontinent, und mit Lena an seiner Seite erschien ihm selbst die australische Wüste wie das Paradies.

Waltraud schmollte zwar innerlich, weil er sich offenbar partout nicht erinnern wollte, gab ihr Liebeswerben aber noch längst nicht verloren. Manche Männer mussten eben zu ihrem Glück gezwungen werden.

»Ich weiß selbst nicht, wo Lena steckt«, sagte sie, »und hab auch nur die Nummer ihres Handys. Aber wenn ich mich für Sie verwende, wird sie sich vielleicht bei Ihnen melden.«

»Würden Sie das tun?«, fragte Wilfried.

Statt zu antworten, griff Waltraud zum Hörer, wählte Lenas Nummer und wartete die Ansage der Mailbox ab. »Hallo, Lena, hier ist Waltraud«, sagte sie dann, ohne das Objekt ihrer Begierde aus den Augen zu lassen. »Herr Dr. Holzknecht ist bei mir und bittet dringend um Rückruf. Und wenn du mich fragst: Ruf ihn an!«

Holzknecht nickte ihr dankbar zu. Blieb nur zu hoffen, dass es etwas nützte. Um eine Gegenleistung würde er freilich nicht herumkommen, und Waltraud versäumte es nicht, ihn unverzüglich daran zu erinnern. »Wie steht es nun?«, fragte sie. »Nächstes Wochenende würde mir ausgezeichnet passen.«

Holzknecht überwand sich und stimmte zu. »Was halten Sie von einer Segelpartie auf dem Chiemsee?«, schlug er vor.

Waltraud strahlte. »Hört sich wunderbar an!«

Kaum hatte Holzknecht ihr Büro verlassen, griff sie erneut zum Telefon. Sie musste Bernd absagen, mit dem sie am Wochenende verabredet war. Nur widerwillig und unter Vorbehalt hatte sie dem Treffen zugestimmt, doch letztlich nicht anders gekonnt, so sehr hatte er sie bedrängt. Als sie ihm nun mitteilte, es sei ihr doch etwas dazwischengekommen, blieb es lange still in der Leitung, ehe die messerscharfe Frage kam: »Triffst du dich mit diesem Holzknecht? Der Scheißkerl soll sich bloß in Acht nehmen!«

Waltraud fühlte sich ertappt und räusperte sich verlegen. Bernds geistige Kapazität mochte in vielerlei Hinsicht eher begrenzt sein, doch wenn es darum ging, einen Grund zur Eifersucht zu finden, erwies er sich als äußerst findig. Diesmal freilich hatte er mit seinem Verdacht ins Schwarze getroffen. »Beherrsch dich gefälligst!«, gab Waltraud streng zurück, nachdem sie ihre Schlagfertigkeit zurückgewonnen hatte. »Selbst wenn ich mich mit Holzknecht träfe, wäre das kein Grund für dich, gleich auszurasten.«

Bernd wollte schon zu einer seiner unflätigen Tiraden ansetzen, doch Waltraud schnitt ihm das Wort ab, erklärte, sie habe zu arbeiten, und legte kurzerhand auf. Eifersucht und Jähzorn waren eine bedrohliche Mischung, die ihr eine Heidenangst einjagte. Wäre Bernd ein wenig vernünftiger und beherrschter gewesen, hätte sie ihm längst in klaren Worten mitgeteilt, dass sie beide keine Zukunft hatten. So aber schob sie das Gespräch, das ihn aus seiner quälenden Ungewissheit erlöst hätte, wieder und wieder hinaus.

Waltraud hatte den Schrecken noch nicht ganz verdaut, als Daniel Kruse in ihr Büro stürmte. Er war von nervöser Unruhe erfüllt, die er nur unzureichend verbergen konnte. Als er nach dem Gespräch mit Birgit wieder in sein Atelier zurückgekehrt war, war er sich erst der vollen Größe der ihm aufgebürdeten Verantwortung bewusst geworden. Die Beruhigungstabletten, die er daraufhin eingeworfen hatte, waren weder seinem sensiblen Nervenkostüm noch seiner Kreativität zustatten gekommen, sondern hatten seine Panik nur noch verstärkt.

»Ich muss Frau Czerni sprechen!«, drängte er. »Die Zukunft der Firma steht auf dem Spiel!«

Waltraud rollte mit den Augen. Sie war nicht in der Stimmung für einen von Kruses theatralischen Auftritte. »Tut mir Leid, ich weiß auch nicht, wo Frau Czerni steckt«, entgegnete sie mürrisch und wandte sich ihrer Arbeit zu.

»Dann geben Sie mir wenigstens die Schlüssel zur Villa!«, verlangte Kruse, dem Verzweifeln nahe. Er hoffte, dort wenigstens ihre Entwürfe für die Messe in Paris und die Herbstkollektion vorzufinden. An beidem musste sie ja bis zuletzt gearbeitet haben, und bekanntlich hatte sie alles zurückgelassen.

»Wozu?«, fragte Waltraud, nun doch hellhörig geworden.

»In drei Wochen müssen wir in Paris was vorweisen! Da Frau Czerni sich nicht mehr für die Belange der Firma interessiert, muss die Arbeit wohl jemand anderes machen. Also, die Schlüssel!« Er streckte die offene Hand aus.

»Soll das heißen, Sie machen die Kollektion?« Waltraud schüttelte ungläubig den Kopf. »Da muss ich erst Rücksprache mit Frau Czerni –«

»Die Anweisung kommt von Frau Meyerbeer!«, fiel Kruse ihr ins Wort. »Zwingen Sie mich nicht, sie zu bemühen.«

Er wusste, dass die beiden Frauen sich nicht riechen konnten und Waltraud auf eine Demütigung durch Birgit sicher nicht scharf war. Seine Drohung zeitigte den gewünschten Erfolg. Widerwillig gab die resolute Sekretärin den Schlüssel heraus. Na warte, dachte sie. Kaum war Kruse aus dem Raum, rief sie in der Villa an und beauftragte Angela, sämtliche Entwürfe Lenas fortzuschaffen. So einfach wollte sie es Birgit und ihren Handlangern auch wieder nicht machen. Sie hatten Lena loswerden wollen. Sollten sie nun sehen, wie sie ohne sie auskamen.

Ein wenig erleichtert, aber keineswegs mit neuer Zuversicht erfüllt, war Wilfried Holzknecht in sein Büro zurückgekehrt. Seine schlimmsten Befürchtungen schienen sich zu bewahrheiten. Lena hatte der Firma den Rücken gekehrt, vielleicht für immer. Sie konnte ja nicht ahnen, dass sie damit auch seiner Arbeit hier jeden Sinn raubte, denn nur für sie, die Frau, die er insgeheim verehrte, ja liebte, hatte er sich die ganze Zeit so ins Zeug gelegt. Wie sollte er nun mit dem gleichen Engagement für jene arbeiten, die sie aus Eifersucht und Missgunst vertrieben hatten?

Was nur hatte Lena bewogen, ihr Lebenswerk so überraschend aufzugeben? Diese Frage nagte in Wilfried Holzknecht. Etwas musste in jener Nacht nach der Modenschau geschehen sein, vermutlich in der Villa. Wie er inzwischen erfahren hatte, hatten dort Chris Gellert und Max Roemer, die beiden Männer, die Lena liebten und ihre Ansprüche, im Gegensatz zu ihm, auch deutlich äußerten, auf sie gewartet. Dabei musste es zu einer Auseinandersetzung gekommen sein. Lange hatte Holzknecht gezögert, diesen allzu privaten Angelegenheiten weiter nachzuforschen. Doch nun, da das Schicksal der Firma auf dem Spiel stand, glaubte er sich berechtigt, den Dingen auf den Grund zu gehen. Er würde Max Roemer, den adretten Banker aus Frankfurt, einfach anrufen und danach fragen!

Viel war freilich nicht aus ihm herauszubekommen. Er verschanzte sich hinter seiner Privatsphäre und erklärte, er habe Lena mehrfach zu erreichen versucht, allerdings vergebens.

»Sie müssen etwas tun!«, verlangte Holzknecht lautstark.

»Und was?«

»Keine Ahnung! Doch Sie sollten das Private außen vor lassen. Es kann nicht im Interesse Ihrer Bank sein, wenn Frau Czerni aus der Firma gedrängt wird. Immerhin hängen Sie mit sieben Millionen Kreditzusage drin.«

Holzknecht wusste selbst, dass dieses Argument nicht besonders schwer wog, denn bisher war kein Geld geflossen. Mehr hatte er allerdings nicht in die Waagschale zu werfen, um den Banker zum Handeln zu drängen.

»Jetzt verlieren Sie nicht die Nerven«, versetzte Max Roemer kühl. »Spätestens zur Hauptversammlung in Frankfurt haben Sie Frau Czerni wieder im Boot.«

Die Gelassenheit des Bankers grenzte an Herablassung, von der Holzknecht sich doppelt getroffen fühlte: als Geschäftsmann wie auch als Mann. Es gefiel ihm nicht, wie jemand dazustehen, der die Nerven verlor, wenn es schwierig wurde. Obwohl Max Roemer nichts von seinen Gefühlen für Lena wissen konnte, war ihm, als wolle er ihm unbewusst zeigen, wieso sie einen Max Roemer einem Wilfried Holzknecht vorzog.

Da klopfte es an der Tür. Im nächsten Augenblick stand Birgit Meyerbeer im Raum. Holzknecht beendete sein Gespräch. Birgit nahm vor Holzknechts Schreibtisch Platz. Sie wusste natürlich nicht, wie er für Lena empfand, hatte nie einen Gedanken an sein Innenleben verschwendet, doch sie zählte ihn zu Lenas Leuten. Andererseits war er ein fähiger Mann, den sie nur ungern verlieren wollte. Bevor sie jedoch mit ihm weiterarbeitete, musste sie wissen, wem seine Loyalität galt: der Firma oder Lena Czerni. »Ihnen ist hoffentlich klar, dass Lena nicht wiederkommt«, sagte sie offen und ohne viele Umschweife. »Sie will uns beweisen, dass es ohne sie nicht geht.«

»Das muss sie nicht erst beweisen«, entgegnete Wilfried sachlich. »Es ist eine Tatsache.«

Gerne hätte er viel mehr und Deutlicheres gesagt, doch er hielt sich zurück, um die Atmosphäre nicht noch mehr zu vergiften.

»Wie alle Männer in Lenas Dunstkreis überschätzen Sie ihre Bedeutung. Ohne die Firma wäre sie nichts weiter als eine gescheiterte Designerin.« Sie zupfte sich eine unsichtbare Fussel von der Hose, schlug dann die Beine übereinander und lauerte auf jede noch so kleine Reaktion in Holzknechts Miene. Ihr Ton hingegen blieb sachlich, ja konziliant. »Wie dem auch sei, wir müssen die Aufgaben in der Firma neu verteilen. Mein Vorschlag: Roland übernimmt Weberei und Produktion, Felix Althofer den Vertrieb und Daniel Kruse Design und Marketing.«

»Und ich hole den Kaffee und die Brötchen«, setzte Holzknecht sarkastisch hinzu und ließ dabei den Oberkörper gegen die Lehne seines Bürostuhls sinken. Seiner Ansicht nach verteilte Birgit das Fell des Bären, noch ehe sie ihn erlegt hatte.

»Keineswegs«, widersprach sie. »Sie übernehmen das Controlling und fungieren als mein Stellvertreter.«

Holzknecht konnte sich ein Lächeln nicht verkneifen. Er fragte sich, ob diese Aufgabenteilung mit Roland abgesprochen war, insbesondere was den Stellvertreterposten anging. Vermutlich nicht. Er ging absichtlich nicht auf Birgits Vorschlag ein, sondern meinte nur: »Sollten wir nicht warten, bis Frau Czerni eine endgültige Entscheidung über ihre Zukunft getroffen hat?«

Birgit fuhr hoch. »So lange können wir nicht warten. Ich muss Ihnen nicht sagen, welche Termine anstehen. Also: Sind Sie mit von der Partie oder muss ich mir einen neuen Mann suchen?«

Auch Wilfried Holzknecht erhob sich, trat vor Birgit hin und sah sie entschlossen an. Er hatte die sanfte Demütigung durch Max Roemer noch nicht vergessen. »Ich gehöre nicht zu den Leuten, die von

Bord gehen, wenn das Schiff mal ein wenig durchgeschaukelt wird«, erklärte er.

Ein erleichtertes Lächeln trat auf Birgits Gesicht. Obwohl sie es ständig bestritt, wusste sie genau, wie schwer es war, Lena zu ersetzen; Holzknecht auch noch zu verlieren, hätte die Erfolgsaussichten weiter geschwächt. Als Belohnung für sein Entgegenkommen stellte sie ihm eine Erfolgsbeteiligung in Aussicht, wenn das Schiff endlich wieder in ruhigeren Gewässern segelte. Holzknecht nickte nur. Das Angebot klang fair. Ob es freilich jemals Prämien zu verteilen geben würde, stand auf einem anderen Blatt.

Birgit sah ihn eine kurze Zeit schweigend an. Wie lange kannte sie Holzknecht nun schon? Zehn Jahre? Elf? Damals hatten sie beide noch in der Brauerei ihres Vaters gearbeitet. Damals wie heute war er sich nie für etwas zu schade gewesen. Er hatte stets geschwiegen und seine Arbeit gemacht, nicht nur nach Vorschrift, sondern mit größtmöglichem Erfolg. Die Arbeit schien sein Leben zu sein. Doch nie hatte er jemandem einen Blick in sein Inneres erlaubt, auch ihrem Vater nicht. Obwohl die beiden Männer in all den Jahren so was wie Freunde geworden waren.

»Ich wüsste gerne, was Sie denken«, sagte Birgit schließlich. »Nur offen heraus damit. Sie brauchen mich nicht zu schonen. Ich kann einiges vertragen.«

Holzknecht überlegte. Sollte er ihr wirklich sagen, was er über sie dachte? Es würde ihr nicht gefallen, dessen war er sich sicher. Aber wenn sie es unbedingt hören wollte, wieso nicht? Er hatte lange genug alles hinuntergeschluckt. Und vielleicht würde ein offenes Wort sie doch noch zur Besinnung bringen.

»Sie gehören zu der Generation, die an Macht und Geld geraten ist, ohne jemals selbst etwas aufgebaut zu haben«, sagte er ruhig, ja kalt. Diese Kälte machte seine Worte nur noch provozierender. »Um eine Firma wie diese, die so komplex und am Trend orientiert ist, zu leiten, braucht es Visionen und einen Riecher für den Markt. Meinungsumfragen sind da nur bedingt nützlich. Aber diese Fähigkeiten kriegt man nicht in die Wiege gelegt, die muss man sich über Jahre hinweg hart erarbeiten. So wie sie sich Lena Czerni erarbeitet hat.«

Mit jedem Wort, das er sprach, wurde Birgit blasser. Nein, das hatte sie nicht hören wollen. Ihre Betroffenheit wandelte sich zuerst in Zorn, dann in Hass. Am liebsten hätte sie Holzknecht irgendetwas Beleidigendes an den Kopf geworfen. Doch sie bemühte sich, die Fassung zu bewahren.

»War's das?« Das Lächeln auf ihren Lippen wirkte wie in Stein gemeißelt.

»So ungefähr.«

»Nun ...«, sie legte den Kopf leicht in den Nacken, streckte das Kinn vor und sah Holzknecht herausfordernd an, »was ich von Ihnen halte, können Sie nach der Hauptversammlung schriftlich von mir erfahren und zwar auf Französisch.« Was sie genau damit meinte, wusste sie in diesem Moment freilich selbst nicht.

Sie fuhr auf dem Absatz herum und verließ das Büro, viel zu schnell, um ihre Souveränität nicht als das zu enttarnen, was sie war: aufgesetzt und erzwungen.

Holzknecht überlegte, ob er nicht doch einen Fehler gemacht hatte. Er hätte sich denken können, dass Birgits Nehmerqualitäten nicht besonders ausgeprägt waren. Im Austeilen war sie entschieden besser. Andererseits schadete es ihr nicht, einmal eine ehrliche Meinung zu hören. Still und heimlich empfand er sogar eine Art leisen Triumph.

Lenas neue Wohnung befand sich in einem frisch renovierten Altbau, der in einer kleinen Seitenstraße lag, die sowohl ruhig wie auch nahe an der Innenstadt war. Obwohl sie sich in den ersten Tagen unverzichtbares Mobiliar angeschafft hatte, haftete ihrem neuen Zuhause etwas Provisorisches an. Insofern passte es zu ihrem derzeitigen Leben, in dem auch alles noch im Werden begriffen war. Sie wunderte sich, wie wenig sie ihre Arbeit vermisste und wie schnell sie sich an einen Tagesablauf gewöhnte, der vornehmlich von Florians Bedürfnissen bestimmt war. Endlich konnte sie ganz für den Jungen da sein, und wären nicht die vielen Unwägbarkeiten und das schlechte Gewissen in Bezug auf die Menschen gewesen, deren Zukunft vom Gedeihen der Firma abhing, so hätten diese Tage zu den ungetrübtesten und glücklichsten ihres Lebens gezählt.

Manchmal bereute Lena, Angela ihre neue Adresse mitgeteilt zu haben, denn das Mädchen nutzte jeden ihrer Besuche dazu, sie mit allerlei Überredungskünsten zur Rückkehr in die Firma zu bewegen. Erst an diesem Morgen hatte sie Lena ermahnt, dass sie die Firmenleitung nicht im Unklaren über ihre Absichten lassen dürfe. Schließlich müsse es irgendwie weitergehen. Als ob es nötig gewesen wäre, sie daran zu erinnern. Sie dachte ja an nichts anderes. Und je länger sie darüber nachdachte, desto unmöglicher erschien ihr eine Rückkehr in alte Verhältnisse. Nicht nur die Erinnerung an Intrigen und Missgunst erfüllte sie mit Schaudern, auch der Kampf zwischen Chris und Max um ihre Liebe bereitete ihr Unbehagen.

Die Wirkung, die sie auf andere Menschen, insbesondere Männer ausübte, war mitnichten kalkuliert, sie ängstigte sie zuweilen sogar. Was brachte alle dazu, in ihr nur das Beste zu sehen? Dabei hatte sie eine Menge zum Teil sogar schwere Fehler begangen; sie hatte Menschen verletzt und enttäuscht, nur um eines Ziels willen, das ihr nun hohl und eitel erschien. Sie hatte es allen beweisen wollen. Nur was? Sie wusste es selbst nicht mehr so genau.

Trotz ihres Abgangs würde die Firma ein Teil ihres Lebens bleiben. Nicht nur ihrer Vergangenheit wegen, sondern auch, weil sie und Florian Anteile hielten. Und daran sollte sich auch nichts ändern.

Einmal pro Tag, wenn Florian seinen Mittagsschlaf hielt, nützte Lena die Verschnaufpause, um die Mailbox ihres Handys abzuhören. In den ersten Tagen war sie voll gewesen mit bedrängenden Anrufen von Max, Dr. Holzknecht, Waltraud, Wilhelm, Felix,

Hedda, August Meyerbeer ... Zuletzt ließ die Häufigkeit dieser Anrufe endlich nach.

»Herr Dr. Holzknecht ist bei mir und bittet dringend um Rückruf«, hörte sie nun Waltrauds Ansage auf der Mailbox. »Und wenn du mich fragst: Ruf ihn an!«

Lena überlegte kurz. Ihr treuer Kampfgefährte Holzknecht hatte bestimmt einen schweren Stand in der Chefetage. Es hätte ihr Leid getan, wenn er sich von ihr im Stich gelassen gefühlt hätte. Sie entschied sich, ihr Schweigen zu brechen, und rief ihn an. Wilfried klang hocherfreut und gleichermaßen erleichtert, als er ihre Stimme hörte. Von Verstimmungen oder Vorwürfen gar war nichts zu spüren. »Ich bin gerade bei Ihrem Vater«, ließ er sie wissen.

»Ich komme heute nach Feierabend in die Villa, um ein paar Sachen abzuholen«, teilte Lena mit. »Wenn Sie Zeit haben, könnten wir uns sehen.«

»Natürlich.«

»Ich melde mich, wenn ich da bin. Bis später.«

Lena wollte den neuen Chefs bei ihrem Besuch möglichst aus dem Weg gehen. Deshalb hatte sie mit Angela verabredet, dass sie sich in der Villa trafen, um gemeinsam ihre letzten Habseligkeiten wegzuschaffen. Bei der Anfahrt auf das Firmengelände war Lena zu ihrer eigenen Überraschung erstaunlich ruhig, sie spürte nur ein leichtes Kribbeln in der Bauchgegend. Erst als sie Birgits Auto auf dem Parkplatz erblickte, zog sich in ihrem Bauch etwas zusammen.

Lena war kaum aus dem Auto gestiegen, da kam auch schon Daniel Kruse auf sie zugeeilt. Seine Arme tanzten in der Luft, als führten sie ein Eigenleben. Er hatte sie vom Fenster seines Ateliers aus vor die Villa fahren sehen. Noch bevor er ein Wort hervorbrachte, ahnte sie bereits, was los war. Birgit hatte ihn zum Chefdesigner befördert, und nachdem die erste Freude über den Aufstieg verflogen war, wusste er angesichts von Termin- und Erwartungsdruck weder ein noch aus.

Kruse bestätigte Lenas Vermutung. Die Bürde der Verantwortung lastete schwer auf seinen zarten Schultern. Wenn er gehofft hatte, sie würde ihm in Rat und Tat ihre Hilfe anbieten, sah er sich getäuscht. Sie gratulierte, wünschte Glück und wollte schon weiter, doch Kruse hielt sie zurück. »Sie müssen mir helfen«, beschwor er sie. »In drei Wochen ist die Première Vision und dazu die Vorbereitung für die Herbstkollektion. Ich schaffe das nicht ohne Ihre Entwürfe.«

»Die finden Sie in der Villa«, teilte Lena mit. »Ich habe nichts mitgenommen.«

»Dort sind sie aber nicht. Ich war da. Jemand hat alles beiseite geschafft.«

Lena musste nicht lange überlegen. Eigentlich kamen für eine solche Nacht-und-Nebel-Aktion nur Waltraud oder Angela in Frage. Wahrscheinlich steckten sie beide da drin. Sie versprach, sich darum zu kümmern, und erntete dankbare Blicke. Als sie ihren Weg fortsetzen wollte, hielt er sie erneut zurück. »Dann ist es also endgültig?«, fragte er. »Sie verlassen die Firma?« Lena las in seinem Gesicht aufrichtiges Bedauern.

»Ich werde meinen Ausstieg am Montag offiziell

bekannt geben«, erklärte sie und wandte sich endgültig von ihm ab.

Mit einem mulmigen Gefühl im Bauch betrat Lena die Villa. Die Treppe ließ unter ihren Füßen das altbekannte, ehrwürdige Knarren hören. Alles wirkte vertraut und fremd zugleich. Ihre Vergangenheit begann sich von ihr abzulösen wie abgestorbene Haut. Sie blieb in der Wohnzimmertür stehen und schaute sich um. Hier hatte sie gelebt und gearbeitet. Ein paar Kleiderpuppen standen verwaist herum, auf dem Schreibtisch lagen Mappen und Papiere. Die würden auch hier bleiben, denn sie hatten mit Lenas neuem Leben nichts zu tun.

Von oben kam Angela mit einem Karton auf dem Arm. »Hallo!«, begrüßte sie ihre Freundin. »Den bring ich schon mal raus.«

Lena hielt sie zurück und fragte sie nach den Entwürfen. Stolz wie über einen geglückten Streich teilte ihr Angela mit, sie habe sie in Waltrauds Auftrag versteckt. Dass Lena ihre Begeisterung nicht teilte, verstand sie nicht, und noch weniger, dass sie ihre Arbeit Kruse einfach überlassen wollte. Doch Lena ließ sich auf keine Diskussion ein. »Du gibst sie ihm!«, bestimmte sie. Angela blieb nichts anderes übrig als sich zu fügen.

Eilig packte Lena ihre noch in der Villa verbliebenen Dinge, zumeist Kleidung, in zwei Reisetaschen. Angela half ihr dabei. Sie hatte ebenfalls Pläne für die Zukunft gemacht. Sie würde die Firma verlassen, bei ihrem Freund Wolfgang wohnen – und natürlich Lena so oft wie möglich besuchen.

»Und was ist mit deiner Ausbildung?«, fragte Lena erstaunt. »Du kannst doch nicht alles hinschmeißen.«

Angela zuckte nur die Schultern. »Der Kruse mag mich so wenig wie ich ihn. Und ohne dich hat das alles doch keinen Sinn.«

Dabei wollte es Lena nicht bewenden lassen. Sie schlug vor, nachher etwas essen zu gehen und noch einmal in aller Ruhe über diese Dinge zu sprechen. Angela stimmte zu.

Als sie mit dem Packen fast fertig waren, rief Lena Holzknecht an und bat ihn zu sich in die Villa. Er hatte schon ungeduldig auf ihren Anruf gewartet, und es dauerte kaum fünf Minuten, bis er bei ihr war. Lena freute sich aufrichtig, ihn zu sehen. Schon von weitem hielt sie ihm ihre Hand entgegen und Holzknecht behielt sie lange in der seinen. Doch dann fiel ein Schatten über Lenas Miene. Das schlechte Gewissen kehrte zurück.

»Ich weiß«, sagte sie leise und ohne, dass er sie zu einer Erklärung gedrängt hätte. »Man darf sich nicht so gehen lassen und einfach abhauen. Aber ich konnte nicht anders. Der Bogen war endgültig überspannt, und etwas ist in mir auf einmal gerissen.« Sie hob den Kopf und sah ihn offen an. »Haben Sie keine Angst, ich werde meiner Verantwortung gerecht werden und meinen Abgang regeln, damit der Firma kein Schaden entsteht.«

Damit war es also heraus. Offiziell. Endgültig. Holzknecht zuckte unmerklich zusammen. Er vergrub die Hände in den Hosentaschen und sah Lena mit ernstem Blick an. Seine schlimmste Befürchtung war eingetreten. Außer einem unbeholfenen Räuspern brachte er im Moment nichts hervor.

»Ich will einfach nicht mehr«, fuhr Lena nach kurzem Schweigen fort. »Nicht nur, weil ich keine Lust habe, mich auf der Hauptversammlung in Frankfurt von Birgit vorführen zu lassen. Damit könnte ich leben. Und auch mit den Leuten von *Rousseau* könnte ich mich wohl arrangieren. Doch womit ich absolut nicht klarkomme, ist, von Leuten umgeben zu sein, die nur darauf warten, dass ich einen Fehler mache.«

»Nicht alle sind so«, gab Holzknecht zu bedenken.

Lena nickte. Das stimmte. Sie hatte hier auch viele Freunde. Leider saßen die wenigsten davon an den Schalthebeln der Macht. In der Chefetage war Holzknecht so ziemlich der Einzige, den sie auf ihrer Seite wusste, denn Wilhelm hielt sich aus dem Tagesgeschäft heraus, und August Meyerbeer war ihr zwar wohlgesonnen, hielt im Zweifelsfall aber zu seiner Tochter.

»Es gibt aber auch noch andere Gründe, warum ich nicht mehr will«, sagte Lena. »Der Druck, den das Geld erzeugt. Alles wird nur am Umsatz gemessen. Ich habe selbst schon angefangen, so zu denken. Aber dieses Denken lähmt meine Kreativität, weil es ihr eigentlich entgegengesetzt ist.«

Wenn dem so war, hat man nichts davon gemerkt, dachte Holzknecht, sagte jedoch, während er näher an sie herantrat: »Jeder erreicht einmal einen Punkt, von dem aus alles sinnlos erscheint. Sogar ich. Ich kann nur eben nichts anderes als das, was ich tue. Und jeder sollte das tun, was er am besten kann.«

Die Antwort befriedigte Lena nicht. Auch beschrieb sie ihre Situation nicht angemessen. Sie steckte nicht nur in einer Krise. Sie hatte vielmehr die ganze Zeit über in einem tiefen inneren Widerspruch gelebt, den sie nun aufgelöst hatte. Auch wenn niemand es wahrhaben wollte, für sie selbst waren ihre bisherigen Entscheidungen und Weichenstellungen alle falsch gewesen, denn sie hatten sie an einen Punkt geführt, an den sie gar nicht gewollt hatte.

»Ich habe mich verrannt«, gestand sie. »Ich wollte zurückholen, was mir vorenthalten wurde. Doch als ich da war, wo ich hingewollt hatte, da …«

Sie konnte den Satz nicht vollenden. Die Erinnerung war zu mächtig. Sie schnürte ihr die Kehle zu. Vergangene Momente zogen an ihr vorüber. »Ich weiß noch, wie Waltraud mir den Schlüssel zur Villa gegeben hat. Endlich war ich am Ziel. Ich hatte es allen gezeigt. Ich war die Siegerin.« Sie schämte sich für ihre Irrtümer. Wie viel Verwirrung hatte sie damit angerichtet, bei sich und andern. Nicht zuletzt bei Menschen, die sie geliebt hatte. Florian Unger, dessen Sohn sie aufzog; Chris Gellert, den sie eine Zeit lang beinahe so geliebt hatte wie Florian. Immer war ihr der eigene Ehrgeiz in den Weg gekommen. Und sollte Max der Nächste auf dieser Liste sein? Sie rang um ihre Stimme, denn die Gedanken waren dabei, sie zu überwältigen. »Ich bin keine Unternehmerin«, sagte sie. »Ich bin eine Träumerin … eine Spinnerin, wenn Sie so wollen.«

»Alle großen Unternehmer waren Träumer und Spinner«, versetzte Holzknecht, »das war das Geheimnis ihres Erfolgs.« Drängender noch fügte er hinzu: »Sie sind die Seele des Unternehmens, Frau Czerni. Wenn Sie nicht mehr da sind, ist der Absturz unabwendbar. Auch ich kann das nicht aufhalten.«

»Sie müssen bleiben!«, beschwor ihn Lena. »Ohne Sie bricht alles auseinander.«

Holzknecht zuckte die Schultern, sein Blick fiel bleischwer zu Boden. »Wenn Sie nicht gewesen wären, wäre ich doch schon längst weg«, bekannte er. »Ich bin doch nur in der Firma, weil ich …« Er zögerte. Schon einmal hatte er heute durch eine zu offenherzige Bemerkung Schaden angerichtet. Außerdem fehlte ihm der letzte Mut, das zu sagen, was er wirklich dachte und vor allem empfand. »Weil ich an Sie glaube«, schloss er.

Lena spürte, dass da noch etwas anderes war. Doch ein Widerstand in ihr hinderte sie daran nachzuhaken und der Sache auf den Grund zu gehen. »Sie müssen bleiben!«, wiederholte sie daher nur, jedoch noch eindringlicher als zuvor. »Herr Kruse kann auf der Basis meiner Entwürfe weiterarbeiten. Glauben Sie mir, wenn einer von uns beiden unersetzbar ist, dann Sie! Außerdem bitte ich Sie, meine und Florians Anteile zu verwalten.«

Holzknecht sah sie erstaunt an. Er fühlte sich geehrt von ihrem Vertrauen. Dennoch fiel es ihm schwer, Ja zu sagen, denn damit hätte er ihren Abgang akzeptiert. Doch was blieb ihm anderes übrig? Schweren Herzens tat er es schließlich, wenn auch nur mit einem verhaltenen Nicken. Lena berührte ihn dankbar am Unterarm.

Gemeinsam verließen sie die Villa. Angela hatte bereits alles im Auto verstaut. Lena hatte sich eben von Holzknecht verabschiedet, als sie Birgit herankommen sah. Ihr blieb nicht viel Zeit, sich für die Begegnung zu wappnen.

»Du ziehst aus?«, fragte Birgit grußlos und von oben herab.

»Ja.«

»Das trifft sich gut. Wie du vielleicht weißt, ist Rolands Scheidung durchgegangen, und da …« Sie beendete den Satz nicht, doch Lena wusste auch so, worauf sie hinauswollte. »Ihr könnt die Villa haben«, erklärte sie ohne Groll. »Ich wohne vorläufig … woanders.«

Birgit rang sich ein Lächeln ab, das rasch erstarb. Sie hatte noch etwas auf dem Herzen und hielt damit nicht lange hinterm Berg. »Es hat ein paar Turbulenzen wegen deiner letzten Entwürfe gegeben. Rein rechtlich sind sie Eigentum der Firma. Aber ich würde ungern –«

»Das ist bereits geregelt«, unterbrach sie Lena.

Birgit hatte mit mehr Gegenwehr gerechnet und vermutete hinter Lenas Entgegenkommen den letzten Versuch einer Demütigung. Noch einmal sollten alle sehen, dass ohne sie in der Firma nichts lief. Darauf zu reagieren, hätte bedeutet, sie in diesem Glauben zu bestätigen. Da sie das nicht wollte, lächelte Birgit ihren aufkommenden Missmut weg und wandte sich mit einer heftigen Bewegung ab.

»Viel Glück!«, rief Lena ihr nach.

Birgit blieb stehen und drehte sich um. Das war doch der Gipfel der Heuchelei! Oder sollte sie das etwa so meinen? »Das ist nicht dein Ernst«, sagte sie.

»Doch. Das ist eine gute Firma mit guten Leuten. Wäre schade drum.«

Sprachlos stand Birgit da. Nein, Heuchelei ist das nicht, dachte sie, schon eher Hochmut. Sie hielt sich noch immer für die moralisch Überlegene. Jetzt sogar mehr denn je. Denn ob es sich Lena nun eingestand oder nicht, sie konnte ihr, Birgit, den Erfolg nicht reinen Herzens wünschen. Das war Birgits feste Überzeugung. Sie ließ Lena stehen und kehrte zum Parkplatz zurück, wo Roland beim Wagen auf sie wartete.

Machtwechsel

Es war schon drei Uhr morgens. Heftiger Regen klopfte gegen die Scheibe, und Lena wälzte sich unruhig im Bett hin und her. Sie fand einfach keinen Schlaf. Zu viele Gedanken schwirrten in ihrem Kopf herum; die meisten davon hatten mit der Firma zu tun. Der Abschied von ihren Mitarbeitern war schmerzlicher gewesen, als sie erwartet hatte. Natalie und Emma hatten geweint, und auch sie hatte nur mit Mühe die Tränen zurückhalten können. Sie hatte gehofft, damit das Schlimmste hinter sich zu haben. Aber dann war ihr vor ein paar Tagen die Einladung zu einem Meeting der Geschäftsleitung auf den Tisch geflattert. Was wollte Birgit denn noch von ihr? Fürchtete sie, ihre Gegnerin könne ihr Konkurrenz machen? Glaubte sie, sie an die Klausel in ihrem Vertrag erinnern zu müssen, die ihr ein solches Vorgehen für die Dauer von einem Jahr verbot?

Das war unnötig. Lena kannte ihren Vertrag. Deshalb entschied sie sich, zu dem Meeting einfach nicht hinzugehen. Aber warum wurde sie dann das Gefühl nicht los, vor etwas davonzulaufen?

Irgendwann war Lena doch noch in einen tiefen, traumlosen Schlaf versunken. Als sie am Morgen erwachte, regnete es nicht mehr. Die Sonne blinzelte sogar durch die Jalousien. Sie schaute auf die Uhr. Schon sieben! Florian, dachte sie sofort. Der Junge musste jeden Moment aufwachen. Hastig sprang sie aus dem Bett. Da fiel ihr ein, dass er ja bei Hedda war. Wo hab ich nur meine Gedanken, dachte sie und strich sich ihr blondes Haar aus der Stirn. Augenblick, dachte sie da. Wollte nicht Waltraud zum Frühstück vorbeikommen, ehe sie ins Büro fuhr? Das war doch heute?

Lena hatte gerade den Frühstückstisch gedeckt und den Kaffee gekocht, als es auch schon klingelte. Nur wenig später begutachtete Waltraud mit dem ihr eigenen kritischen Blick die Wohnung. Doch nicht einmal sie fand etwas daran auszusetzen. Nachdem sie sich alles genau angesehen hatte, hob sie schließlich nachdenklich den Zeichenblock vom Sofa auf und betrachtete die halbfertige Skizze. Es war kein Modeentwurf, sondern eine Skizze von Florian beim Spielen mit Bauklötzen. Einen Augenblick lang glaubte sie zu verstehen, was sich in Lena verändert hatte. Dennoch unternahm sie einen Versuch, sie dazu zu bewegen, ihren Schritt noch mal zu überdenken, indem sie an ihr Verantwortungsgefühl appellierte. Vergebens.

Als die beiden Frauen beim Frühstück saßen, reichte Waltraud Lena die Aktenmappe, die sie die ganze Zeit schon in der Hand gehalten hatte. »Das hat mir Birgit für dich zum Unterschreiben mitgegeben«, erklärte sie. Lena legte die Akten beiseite, ohne einen Blick darauf zu werfen. »Erst mal frühstücken wir«, entschied sie lächelnd.

Waltraud begann, eine dicke Schicht Marmelade auf ein Brötchen zu schmieren. Sie liebte Süßes in jeder Form. »Wilfried kann es noch immer nicht fassen, dass dein Entschluss endgültig ist«, sagte sie dabei.

»Wilfried?« Lena sah ihre ehemalige Sekretärin erstaunt an. Sah ganz so aus, als habe sie etwas verpasst.

»Ja, wir duzen uns neuerdings«, erklärte Waltraud lächelnd, doch ihr Glück wirkte keineswegs ungetrübt, und sie verriet auch gleich, wieso: »Wir waren am Wochenende segeln auf dem Chiemsee. Aber leider hat Wilfried einen Kumpel aus der Brauerei mitgebracht. Na ja, ich krieg ihn schon.« Sie biss herzhaft in das Brötchen. Etwas Marmelade blieb in ihren Mundwinkeln hängen.

»Und was ist mit deinem Bernd?«

Waltrauds Blick wurde unstet. Die Frage war ihr offensichtlich unangenehm. »Der wird es schon wegstecken«, sagte sie flapsig. »Wenn ich mir anschaue, wie du mit deinen Männern umspringst.«

»Also hör mal!«

Um von dem unliebsamen Thema abzulenken, wies Waltraud ihre Gastgeberin auf die Unterlagen hin, die Birgit ihr mitgegeben hatte. »Ich soll sie unterschrieben wieder mitbringen«, erklärte sie. »Was ist das eigentlich?«

Erst jetzt sah Lena sich den Inhalt der Aktenmappe an. Es handelte sich um ein Angebot für ihre und Florians Firmenanteile. Birgit war bereit, drei Euro über dem aktuellen Kurs zu bezahlen. Lena klappte die Mappe gleich wieder zu und legte sie weg. »Das unterschreib ich nicht. Dr. Holzknecht soll sich darum kümmern. Er verwaltet unsere Anteile.«

Da klingelte es an der Tür. Lena war überrascht, denn sie erwartete keinen Besuch. Vielleicht Angela, dachte sie. Waltraud erhob sich mit ihr. Sie musste los, wenn sie nicht zu spät in die Firma kommen wollte. Lena öffnete und war im ersten Moment sprachlos. Max Roemers unvergleichliche dunkle Augen strahlten sie an. Waltraud brauchte keine zwei Sekunden, um Bescheid zu wissen. Da wollte sie nicht länger stören. »Vielleicht schaffen Sie es ja, Lena umzustimmen«, sagte sie nur noch zu dem Banker und verschwand.

Die Tür ging zu. Sie waren allein. Es war die erste Begegnung seit jener Nacht, in der Lena ihrem Leben eine entscheidende Wende gegeben hatte. Zwar hatten sie in den vergangenen Tagen ein paarmal telefoniert, doch dabei war es hauptsächlich um die Firma gegangen. Max ahnte, dass er nicht unschuldig an der Entwicklung der Dinge war. Deshalb war auch er im ersten Moment befangen. Wo standen sie? Mit seiner gewohnt souveränen Art gelang es ihm, seine Unsicherheit zumindest nach außen hin zu überspielen. »Ich wollte nicht zu dem Meeting gehen, ohne vorher mit dir gesprochen zu haben«, sagte er auf dem Weg ins Wohnzimmer. Als Vertreter der Bank war auch er zu der Besprechung geladen.

»Ich geh nicht hin«, teilte Lena mit. Um etwas von der Spannung in ihrem Innern abzubauen, begann sie, den Frühstückstisch abzuräumen. »Die Firma liegt hinter mir. Wenn keiner meinen Entschluss ernst nehmen will, ist das nicht meine Schuld.«

»Ich nehme das sehr ernst«, versetzte Max, »aber ich frage mich, ob du dir über die Konsequenzen klar bist.«

Lena ließ die beiden Teller, die sie weggeräumt hatte, klappernd auf die Anrichte fallen. »Was habt ihr nur alle«, sagte sie heftig. »In jeder Firma gibt's mal einen Wechsel im Management oder in der Produktlinie, ohne dass gleich alles zusammenbricht.«

»Sicher. Aber das Risiko wächst. Und ob die Bank unter diesen Bedingungen die Kreditzusage aufrechterhält ...«

»Das hat sich doch sowieso erledigt. Nach meinem Abgang braucht Birgit keine Neuverteilung der Aktien. Mit *Rousseau* und ihrem Vater stehen die Mehrheitseigner hinter ihr.«

Sie hatte die beiden Kaffeetassen geholt und wollte an Max vorbei, doch der fasste sie an der Hand und hielt sie fest. Er sah sie an, als wolle er sie mit den Augen verschlingen. Was hatte das zu bedeuten? Lena wusste es nicht. Sie spürte nur den Griff seiner Hand: fest, aber ohne wehzutun. Eine Hand, die zupackte; die sich nahm, was sie wollte; aber auch eine Hand, die einen halten konnte.

»Was?«, fragte sie nur.

»Ich hab dich zwei Wochen lang nicht gesehen und ganz vergessen, wie schön du bist.«

»Max …« Errötend machte sie sich los, so sanft freilich, dass er es nicht als eine Zurückweisung missverstehen konnte. Um nicht preiszugeben, wie tief seine Worte sie berührten, wandte sie sich ab. Das Zittern ihrer Hände jedoch konnte sie nicht verbergen, denn die Tassen, die sie immer noch in der Hand hielt, schlugen sanft gegeneinander.

»Ich hab gelogen«, bekannte er. »Ich bin nicht hier, um mit dir übers Geschäft zu reden. Ich wollte dir sagen, dass ich mir ein Leben ohne dich nicht mehr vorstellen kann.«

Überrascht von so viel Offenheit, begann ihr Herz heftig in ihrer Brust zu hämmern. Sie glaubte, das Blut durch die Adern rauschen zu hören. Wenn er doch nur mehr solcher Worte sagen würde. Und zugleich fürchtete sie sich davor, denn was sollte sie erwidern? Langsam wandte sie sich zu Max um. Die Gewissheit, die sie in seinen Augen las, verunsicherte sie nur noch mehr. Es war nicht die Laune eines Verliebten, die aus ihm sprach. Er wusste genau, was er wollte.

»Ich liebe dich, Lena«, sagte er, nachdem er ein paar Augenblicke vergeblich auf eine Reaktion von ihr gewartet hatte, »und ich möchte dich bitten, meine Frau …«

Lena legte ihre Hand auf seinen Mund, als fürchte sie, dass weitere Worte sie völlig aus dem Gleichgewicht bringen würden. Sie liebte Max mehr, als ihr bewusst gewesen war, aber sie wollte nicht, dass diese Liebe von Beginn an unter einer so großen Erwartung stand. Und sie fragte sich, ob diese Liebe noch Teil ihres alten oder schon ihres neuen Lebens war.

Max nahm ihre Hand in die seine und hielt sie fest. »Warum nicht?«, bedrängte er sie. »Wir passen gut zusammen. Wir haben beide unser eigenes Leben. Du hast deine Arbeit, ich die meine. Wir müssen uns nicht dauernd auf der Pelle sitzen, nur wenn wir uns wirklich sehen wollen oder uns brauchen, dann ...«

Lena erinnerte sich, ähnliche Worte schon einmal gehört zu haben. Hatte nicht auch Chris von der Beziehung ohne Zwänge gesprochen? Am Ende waren sie gescheitert, weil der Wunsch nach Freiheit nur Ausdruck ihrer beider Unsicherheit gewesen war. Aber Max war nicht Chris. Er schien sich alles ganz genau überlegt zu haben. Und sie war nicht mehr die, die sie damals gewesen war.

Max wollte seine Antwort, und wenn er sie nicht auf die eine Weise bekam, so vielleicht auf eine andere. Er zog Lena an sich und hinein in einen leidenschaftlichen Kuss. Sie ergab sich nicht nur ganz in seine Arme und in diesen Kuss, sondern sie erwiderte ihn zudem mit der gleichen Leidenschaft, denn es war genau das, wonach auch sie sich schon sehr lange gesehnt hatte. Und zumindest in diesem köstlichen Moment vermochte die beiden Liebenden nichts voneinander zu trennen. Schon gar nicht das Telefon, das gerade jetzt zu klingeln begann.

Wilfried Holzknecht gab es auf und legte den Hörer zurück auf die Gabel. Vielleicht macht sie Besorgungen, dachte er. Aber etwas in seinem Innern widersprach. Da vernahm er, wie eine Frau im Vorzimmer Französisch sprach. Frau Schäufele, Marion Stangls Vertretung. Die altgediente Sekretärin hatte kurzfristig einen längeren Urlaub genommen, ohne die Gründe dafür zu verraten. Immerhin war die Vertretung, die sie selbst über eine Zeitarbeitsfirma beschafft hatte, zuverlässig und eifrig, vielleicht sogar ein wenig zu sehr. Nicht einmal Birgit Meyerbeers oft gereizter Ton vermochte sie davon abzuhalten, die Geschicke der Firma schon nach wenigen Tagen beinahe wie ihre eigenen anzusehen.

Holzknecht trat ins Vorzimmer. Zweifellos telefonierte Frau Schäufele mit jemandem von *Rousseau*. Sein Französisch war gut genug, um zu verstehen, dass sie ihrem Gesprächspartner gerade klarmachte, Birgit Meyerbeer sei im Moment nicht zu erreichen. Wilfried hörte den Namen Chevalier. Der designierte *Rousseau*-Mann für die *Fashion Factory*. Er hatte seine Teilnahme für das heutige Meeting angekündigt.

»Chevalier?«, fragte Holzknecht, nachdem Frau Schäufele aufgelegt hatte.

»Seine Sekretärin. Er kommt nicht.«

Wilfried nickte nur. Die Ratten verlassen das sinkende Schiff, dachte er. Er hatte nichts anderes erwartet. Ohne Lena war die *Fashion Factory* nur noch eine neben anderen Textilfabriken, zudem eine angeschlagene mit sinkendem Börsenwert. Man konnte es den *Rousseau*-Leuten nicht einmal übel nehmen, dass sie ihren Rückzug vorbereiteten. Und Birgit Meyerbeer nicht, dass sie sich ihnen gegenüber verleugnen ließ. Wenn sie sich die Suppe, an der sie nun zu löffeln hatte, nicht selbst eingebrockt hätte, hätte sie einem fast Leid tun können. Seit Lenas Abgang gab es nur Probleme. Die Messe in Paris am Wochenende, die unausgegorene Herbstkollektion, Kursverfall, Querelen mit den Mitarbeitern ... Und das Schlimmste stand ihr vermutlich noch bevor, wenn der nächste Quartalsbericht fällig wurde; rosig würde der bestimmt nicht aussehen.

»Haben Sie Frau Czerni erreicht?«, fragte Frau Schäufele besorgt und fuhr, nachdem ihr Chef den Kopf geschüttelt hatte, noch drängender fort: »Frau Stangl hat angerufen und lässt Sie grüßen. Ich hab ihr erzählen müssen, was es hier Neues gibt. Sie hörte sich danach tief beunruhigt an. Nicht zu Unrecht. Der Kurs ist schon wieder um zwei Euro gefallen.«

Holzknecht verwies auf saisonale Einflüsse und auf den Herbst, wenn die neue Kollektion auf den Markt kam. »Sagen Sie das Frau Stangl, wenn sie wieder anrufen sollte. Sie soll ihren Urlaub genießen und sich keine Sorgen machen.« Doch er hatte ein schlechtes Gewissen bei seinen Beschwichtigungen. Er wusste, dass Marion und eine Reihe anderer Mitarbeiter eine Menge Geld in den von Pförtner Ewald Kunze verwalteten Privatfonds investiert hatten. Die derzeitige Entwicklung freilich hatte auch der ehemalige Prokurist Kunze nicht voraussehen können. »Der einzige Mensch, der Frau Czerni wieder in die Firma holen könnte, ist Frau Meyerbeer«, sagte Wilfried zuletzt. »Und genau das werde ich ihr heute beim Meeting nahe legen. Können Sie mir sagen, wo ich sie finde?«

»In der Villa, mit Herrn Kruse.«

Ehe er ging, lächelte er ihr noch mal zuversichtlich zu. Doch kaum hatte er sich abgewandt, erstarb das Lächeln auf seinen Lippen. Zu Optimismus gab es nicht den geringsten Anlass, solange die neue Führung am Ruder blieb.

Auf dem Hof fuhr gerade Waltraud heran. Er hätte eine persönliche Begegnung lieber vermieden und den Kontakt so weit wie möglich aufs Telefon verlegt, doch für dieses Mal war es zu spät. Mit einem kurzen Hupen machte sie schon auf sich aufmerksam, ehe sie den Wagen parkte. Holzknecht bedauerte, sie am Wochenende enttäuscht zu haben, indem er einen Freund als männliche Anstandsdame mit auf die Bootstour genommen hatte. Doch er hatte es nur ihr zuliebe getan, um eine vor allem für sie peinliche Situation zu vermeiden. Wenn er sie nicht irgendwie doch sympathisch gefunden hätte, hätte er sie längst auf eine viel schroffere Weise abblitzen lassen.

»Waren Sie bei Lena?«, fragte er sie sogleich. »Was hat sie gesagt?«

»Darf ich dich erinnern, dass wir seit dem Wochenende per du sind?«, entgegnete Waltraud nur und sah ihn vorwurfsvoll an. Wilfried setzte eine schuldbewusste Miene auf und entschuldigte sich. Daraufhin fuhr Waltraud fort: »Lena bleibt bei ihrem Nein. Hier, das hat sie mir für Frau Meyerbeer mitgegeben.« Sie reichte ihm den Folder mit Birgits Kaufangebot.

Wilfried bedankte sich und ging weiter. Waltraud sah ihm noch eine Weile nach. Warte nur, dachte sie, ich krieg dich schon noch. Dann ging sie zum Gebäude der *Fashion Factory*. Als sie das Taxi vor dem Eingang bemerkte, war es schon zu spät. Ihr Herz sackte ab. Es war Bernd. Kaum hatte er sie erblickt, da kam er auch schon auf sie zu.

»Das kannst du nicht mit mir machen!«, fuhr er sie an. »Wo warst du am Wochenende?«

Waltraud hatte ihr Handy das ganze Wochenende über ausgeschaltet gehabt. Montagmorgen war die Mailbox vor wütenden, verzweifelten und larmoyanten Nachrichten Bernds schier übergequollen. »Mit einem Bekannten segeln«, gab sie nun zu.

»Du meinst wohl diesen Dr. Holzknecht!«, stieß Bernd aus. Seine Miene verfinsterte sich.

Waltraud atmete schwer. Er tat ihr Leid. »Mach es mir doch nicht so schwer«, bat sie ihn. »Wir hatten eine tolle Zeit miteinander, aber wenn du ehrlich bist, musst du zugeben, dass wir außerhalb des Bettes kaum was miteinander anzufangen wussten. Mir ist das einfach nicht genug.«

»Mir schon!«

Waltraud hatte gehofft, er würde sehr schnell ganz von selbst begreifen, was es geschlagen hatte. Aber so, wie sich die Sache nun darstellte, kam sie um das gefürchtete Klärungsgespräch nicht herum.

»Wir reden heute Abend«, versprach sie und streichelte ihm tröstend die Wange. »Aber jetzt muss ich los.«

Fassungslos blieb Bernd zurück. Er kapierte einfach nicht, was mit ihr passiert war.

Schon auf der Treppe hörte Wilfried Holzknecht Birgit und Kruse in einem zwar nicht lauten, dafür aber nicht weniger heftigen Streitgespräch. Birgit warf dem Chefdesigner von ihren Gnaden vor, dass er sich nicht an Lenas Entwürfe gehalten hatte. Kruse konterte, indem er sich auf seine Stellung als Künstler berief. Durch die halb offene Tür konnte Holzknecht einen Blick auf die Leinwand werfen, an die Kruse gerade Diaaufnahmen seiner Kreationen warf. Selbst jemand, der so wenig von Mode verstand wie Wilfried Holzknecht, erkannte sofort, dass diese Kollektion höchstens einen Minderheitengeschmack bediente, auf die Masse der Käuferinnen aber eher abschreckend wirken musste. Die suchten schließlich elegante Kleidung für Arbeit und Freizeit und keine flippigen Fummel für Jet-Set-Partys.

Als Holzknecht eintrat, verabschiedete Birgit sich knapp von Daniel Kruse und begrüßte Holzknecht kaum weniger kühl. Während sie die Jalousien hochzog, teilte er mit, dass Chevalier nicht zum Meeting kommen werde, und fügte hinzu: »Ich habe Sie gewarnt, Frau Meyerbeer. Ohne Lena Czerni ist den Franzosen das Risiko zu groß. Die werden ihre Aktien abstoßen, noch bevor sich der Wechsel auf dem Aktienmarkt rumgesprochen hat.«

Birgit presste die Lippen aufeinander. Ihr fiel nichts

ein, womit sie ihm widersprechen konnte. »Ich fliege nach Paris«, beschloss sie entnervt. »Das können die nicht machen!«

»Was soll das bringen? Versuchen Sie lieber, Frau Czerni zurückzuholen.« Holzknecht sagte es ganz sachlich. Doch er wusste, wie sehr es Birgit treffen musste.

Nur mit Mühe konnte sie sich beherrschen. »Ich weiß, Sie halten nicht viel von mir, Herr Doktor«, sagte sie. »Aber ich werde Ihnen und allen in der Branche beweisen, dass man auch ohne Lena Czerni Erfolg haben kann. Wir arbeiten nämlich nicht frei Schnauze, sondern mit den modernsten Mitteln der Marktforschung. Die Umsätze sind nach wie vor gut, und Kruses Stoffe werden ein Erfolg. Auch die Herbstkollektion wird ein Renner, Sie werden schon sehen.«

Holzknecht entging das Zittern ihrer Oberlippe bei diesen Worten nicht. Er wünschte, sie hätte wenigstens selbst geglaubt, was sie da sagte, dann hätte ihr Optimismus vielleicht auf den einen oder anderen ansteckend wirken können. Doch auch sie schien zu zweifeln.

Vieles hätte Holzknecht noch vorbringen können. Er unterließ es aber, denn an ihrer Verstocktheit prallten seine Warnungen und Mahnungen wirkungslos ab. Deshalb legte er nur noch den Folder, den Waltraud ihm gegeben hatte, auf Birgits Schreibtisch und ließ sie allein. Sie erkannte ihn sofort wieder.

Kaum war Holzknecht draußen, schlug sie den Folder hastig auf. »Verdammt!«, entfuhr es ihr, als sie dort, wo sie die Unterschrift der Feindin zu sehen gehofft hatte, nur eine makellos weiße, von einer Linie durchzogene Stelle erblickte. Das Gefühl der Ohnmacht, das sie in den letzten Tagen wiederholt überfallen hatte, schlug auch jetzt wieder wie eine mächtige Welle über ihr zusammen. Das durfte sie nicht zulassen! Erst wenn auch sie selbst den Glauben an sich und ihr Projekt verlor, würde das Scheitern unausweichlich.

Die Zeit mit Max war viel zu kurz. Als sie sich aus seinen Armen löste, hatte Lena das unangenehme Gefühl, mitten in einem wundervollen Traum geweckt worden zu sein. Aber der Traum war ja nicht zu Ende. Wenn es nach Max ging, sollte er sogar für den Rest des Lebens andauern.

Max wollte vor dem Meeting der Geschäftsleitung noch irgendwo etwas essen und lud Lena ein, mitzukommen, doch sie hatte schon eine Verabredung mit Frau Dr. Dornberg. Noch immer zog sie die erfolgreiche Psychologin zuweilen zurate, wenn sie einen objektiven Blick auf ihre Lebenssituation brauchte.

Der Banker war gerade fort, da klingelte Lenas Telefon. »Hallo, Lena«, hörte sie eine vertraute Stimme in ihrem Ohr. Chris! Sie zuckte im ersten Moment zusammen. »Ich muss dich sehen«, sagte er.

»Das geht heute schlecht«, erwiderte Lena. »Wie wär's mit morgen?«

Chris ließ nicht locker. »Ich kann auch zu dir kommen.«

»Ich hab eine Verabredung und muss Schluss machen«, sagte Lena nur eilig, während sie mit der freien Hand ihre Jacke von der Garderobe nahm. »Ich ruf dich später an.« Damit legte sie auf.

Selbst durch das Telefon war seine Enttäuschung wie mit Händen zu greifen gewesen. Da er lange nichts hatte von sich hören lassen, hatte sie schon geglaubt, er habe die Situation und vor allem das Ende ihrer Beziehung akzeptiert und sich zurückgezogen. Diese Annahme war verfrüht gewesen, wie sich nun gezeigt hatte.

Lena schlüpfte in ihre Jacke und verließ die Wohnung. Sie mochte Chris noch immer. Auf seine Art war er ein anständiger Kerl. Doch sie liebte ihn nicht mehr. Mit seinem Seitensprung hatte er zu viel in ihr kaputtgemacht. Und selbst wenn das nicht geschehen wäre, hätten sie keine gemeinsame Zukunft gehabt. Chris hatte etwas in ihr gesehen und geliebt, das es nur in seiner Vorstellung gab. Die Mühe, herauszufinden, wer sie wirklich war, hatte er sich nie gemacht.

Aber liebte sie Max? Die Stunde mit ihm war wunderschön gewesen. Sie brauchte nur an ihn zu denken und schon spürte sie seine Hände auf ihrer Haut. So, als habe er dort etwas von seiner Berührung zurückgelassen. Wann hatte sie sich zuletzt so geborgen gefühlt? So sicher? Wann hatte sie sich so in jemanden hineinfallen lassen können, ohne Angst und das Bedürfnis nach Schutz? Doch je mehr Zeit nach ihrem Zusammensein verging, desto unwirklicher kam es ihr vor. War das alles real gewesen? Oder hatte sie sich nur etwas vorgemacht? Das Gewünschte mit der Wirklichkeit verwechselt?

Obwohl Lena nur wenige Minuten zu spät war, wurde sie von Frau Dornberg bereits im Café erwartet. Die Psychologin schien schon eine Weile hier zu sein, denn ein zur Hälfte gegessenes Stück Kuchen stand vor ihr, und auch ihre Kaffeetasse hatte sie schon fast geleert. »Ein Vortrag ist ausgefallen«, erklärte sie auf Lenas Nachfrage.

Diese erzählte nun, was sich seit dem letzten Treffen zugetragen hatte, vor allem natürlich von ihrem selbst für sie überraschenden Ausstieg aus der Firma. »Ganz schön mutig«, befand Frau Dornberg anerkennend.

»Manche halten es auch für feige und egoistisch«, erwiderte Lena und senkte den Blick.

»Und was denken Sie?«

Lena zuckte die Schultern. »Einerseits fühle ich mich wie neugeboren. Ich male wieder und koche und spiele mit Florian. Andererseits …« Sie zögerte. In ihr war eine nagende Unzufriedenheit, und sie fürchtete, darin könne sich schon der Überdruss an ihrem neuen Leben ankündigen.

»… haben Sie das unbefriedigende Gefühl, keinen Schlussstrich gezogen zu haben«, ergänzte Frau Dornberg schließlich.

Lena nickte. »Wie bei einem Buch, das man nicht fertig gelesen hat. Und als ob das nicht alles schon kompliziert genug wäre, hat mir Max Roemer auch noch einen Heiratsantrag gemacht. Endlich von einem Mann im Arm gehalten zu werden, der mich bedingungslos liebt ... das war wie eine Erlösung.« Sie schüttelte über sich selbst den Kopf. »Mein Gott, ich komme mir vor wie ein Teenager.«

»Hören Sie auf, sich so kritisch zu beobachten und zu kontrollieren«, ermahnte Frau Dornberg sie. »Es ist ein Glück, geliebt zu werden, und wenn Sie den Mann auch lieben ...«

»Das ist es ja«, fiel Lena ein. »Ich bin mir nicht sicher, ob ich ihn nicht nur benütze, um mich vor einer Entscheidung zu drücken.«

Ein mildes Lächeln legte sich auf Frau Dornbergs Gesicht. Für sie war Lenas Problem klar: Statt einfach zu leben und den Dingen ihren Lauf zu lassen, dachte sie viel zu viel nach. »Genießen Sie Ihr derzeitiges Glück, solange es währt«, riet sie ihr. »Und was die Firma angeht: Schlagen Sie das Buch zu oder lesen Sie es zu Ende. Aber entscheiden Sie sich.«

Irgendwie hatte Lena mit einer solchen Antwort gerechnet. Sie hatte sich ja selbst zuweilen schon gesagt, dass sie ganz bewusst einen Schlussstrich ziehen müsse, statt so, wie sie es getan hatte, einfach bei Nacht und Nebel zu verschwinden. Das Meeting heute hätte eine gute Gelegenheit für einen Abschluss geboten. Doch sie hatte Angst. »Wenn ich heute zu diesem Meeting gehe und mich diesen Menschen, von denen einige mich hassen, aussetze, dann ...«

»Was?«

»Ich fürchte, ich könnte einfach losheulen.«

»Und was wäre so schlimm daran? Zu weinen kann ein Zeichen von Stärke sein. Man nimmt sich etwas heraus, das sich sonst kaum einer traut: zu seinen Gefühlen zu stehen.«

Die Worte wirkten wie Balsam auf Lenas aufgeriebene Seele. Die Angst wich von ihr. Da wusste sie, dass sie zu diesem Meeting gehen würde – nicht, um irgendjemandem etwas zu beweisen. Sie würde es nur um ihrer selbst willen tun.

Natalie fiel beinahe die Schere aus der Hand, als sie Lena unverhofft ins Nähatelier treten sah. Nach ihrem offiziellen Abschied hatte sie nicht damit gerechnet, sie noch mal in der Firma zu sehen. Sie wünschte, ihre Freundin wäre früher gekommen. Dann hätte sie Chris noch angetroffen. Insgeheim hoffte Natalie noch immer, aus den beiden könnte wieder ein Paar werden, denn sie konnte Chris gut leiden.

Die beiden Freundinnen umarmten sich. »Chris war hier«, teilte Natalie dann mit.

»Ich weiß«, entgegnete Lena. »Hat er gesagt, was er will?«

»Er hat den Job an der Uni geschmissen und will wieder mit Uwe zusammenarbeiten. Eine Riesensache! Irgendwas für eine Agentur in Amerika. Ach, Lena«, seufzte sie unvermittelt und drückte ihre Freundin noch mal an sich, »wieso kann nicht alles wieder so sein wie früher?«

Lena blieb die Antwort schuldig. Während sie noch in Natalies Umarmung weilte, fiel ihr Blick auf ein Modell auf einer Kleiderpuppe. Das Kleid war von ihr, aber was sollte diese schwarze Halskrause?

Kruse glaubte offenbar, sich unbedingt von ihr absetzen zu müssen. Sie wollte schon etwas sagen, unterließ es aber, denn es war nicht mehr ihre Sache. Sie löste sich behutsam aus Natalies Armen, gab ihr einen Kuss auf die Wange und lud sie fürs Wochenende zu sich ein. »Wurde auch Zeit«, versetzte Natalie augenzwinkernd, »ich dachte schon, du zeigst mir deine Wohnung nie!«

Waltraud, die Lenas Stimme gehört hatte, trat ins Atelier. »Soll das heißen, du gehst zu dem Meeting?«, fragte sie mit gedämpfter Stimme, nachdem Natalie sich wieder an die Arbeit gemacht hatte. Lena nickte und verschwand mit ihrer früheren Sekretärin in deren Büro, um einen Blick auf den letzten Quartalsbericht zu werfen. Sie wollte nicht unvorbereitet zu der Sitzung gehen.

»Darf ich fragen, was diesen Umschwung bewirkt hat?«, wollte die Sekretärin wissen, während sie die gewünschten Unterlagen heraussuchte.

»Ich brauche einen Abschluss«, antwortete Lena. »Ich will Klarheit.«

Das konnte Waltraud verstehen. Sie reichte Lena, die sich inzwischen gesetzt hatte, den Bericht. Diese begann darin zu blättern. Obwohl die Zahlen dem Erfolg ihrer Arbeit nur eine nachvollziehbare, objektive Form gaben, kam in ihr sogleich wieder das alte Unbehagen auf. Die Zahlen schienen zu behaupten, dass es eigentlich nur auf sie ankam. Nachdem sie sich einen Überblick verschafft hatte, klappte Lena die Mappe zu, legte sie auf Waltrauds Schreibtisch und erhob sich. Sie war schon an der Tür, als sie sich noch mal umwandte: »Könntest du mir einen Gefallen tun und ein letztes Mal meine Sekretärin spielen?«, fragte sie. Das machte Waltraud natürlich gerne. »Worum geht's?«, wollte sie wissen.

»In der Nähe meiner Wohnung befindet sich ein leer stehender Laden«, erklärte sie, »der von Immobilien Fritsch vermietet wird. Könntest du herausfinden, ob er noch frei ist?«

»Willst du etwa ...?«

»Es ist nicht für mich, sondern für Angela.«

Schon seit einer Weile entwarf und nähte Angela mit Fantasie und Geschick für Florian Kleidungsstücke – weit mehr als der tragen konnte. Da sie in der kleinen Dachgeschosswohnung ihres Freundes Wolfgang keinen Platz zum Arbeiten hatte, hatte Lena ihr angeboten, bei ihr zu arbeiten. So konnte sie auch ein Auge auf Angela haben. Manchmal brauchte sie zwar noch den Rat der erfahrenen Designerin, doch sie lernte erstaunlich schnell. Als Lena dann vor kurzem den leer stehenden Laden gesehen hatte, war ihr eine Idee gekommen.

Waltraud versprach, sich zu erkundigen, und wünschte Lena viel Glück für ihren Auftritt beim Meeting.

Mit wachsender Anspannung machte Lena sich auf den Weg zum Verwaltungsgebäude. Am Eingang kam ihr Frau Schäufele entgegen. Da sie sie nicht kannte, wollte Lena schon an ihr vorbeigehen, doch die Sekretärin, die Lena auf Fotos schon oft gesehen hatte und daher sofort erkannte, sprach sie ohne Scheu an. Nachdem sie sich vorgestellt hatte, erinnerte Lena sich, dass Wilhelm ihr von Marion Stangls Urlaub und der Vertretung erzählt hatte. Und Wilfried Holzknecht hatte sich schon einmal in einem Nebensatz über den gelegentlichen Übereifer Frau Schäufeles beklagt.

»Das Meeting findet in der Villa statt, wo Frau Meyerbeer neuerdings ihr Büro eingerichtet hat«, erklärte sie. »Ich bin auch auf dem Weg dorthin.«

Während sie gemeinsam zur Villa gingen, berichtete Frau Schäufele davon, dass nicht nur Max Roemer sein Kommen abgesagt habe, sondern auch die Franzosen. Lena hörte es mit großem Erstaunen. »Dr. Holzknecht meint«, fuhr Frau Schäufele fort, »dass er sicher, im Falle Ihrer Rückkehr, die *Rousseau*-Leute davon überzeugen könnte, dass Sie alleine den Vorstand führen sollten, ohne die Meyerbeers.«

»Nicht, Frau Schäufele«, unterbrach Lena. »Ihr Engagement in allen Ehren, aber meine Entscheidung steht fest. Es wird auch ohne mich weitergehen. Vielleicht sogar besser.«

Die Sekretärin nickte. »Wie Sie meinen. Entschuldigen Sie.«

Sie waren inzwischen vor der Villa angekommen. Schweigend stiegen sie die Stufen zur Haustür hoch. Lena spürte eine Beklemmung in ihrer Brust. Sie musste sich zwingen, ruhig zu atmen.

Auf der Treppe in den ersten Stock blieb Lena einen Schritt hinter der Sekretärin zurück. Sie konnte sich schon denken, wo Birgit ihr Büro eingerichtet hatte: in ihrem früheren Wohn- und Arbeitszimmer. Von draußen ließ sich Kruses werbende Stimme hören, die jäh von August Meyerbeers Bariton unterbrochen wurde. »Das ist ja ein Kostüm für eine Bauchtänzerin in einer Bongo-Bar!«, rief Meyerbeer missgelaunt.

Frau Schäufele klopfte und trat ein. Da man mit dem Kommen der Sekretärin gerechnet hatte, bedachte sie niemand mit größerer Aufmerksamkeit. Das Zimmer lag im Halbdunkel, Daniel Kruse stand neben einem Diaprojektor, der Fotos seiner Modelle auf eine Leinwand projizierte. Felix war der Erste, der bemerkte, dass die Sekretärin nicht alleine eingetreten war. Sein erstaunter Blick brachte auch Wilhelm dazu, sich umzudrehen. »Lena!«, entfuhr es ihm gleichermaßen erfreut und erleichtert. »Komm, setz dich!« Birgit setzte gerade an, um gegen Lenas Anwesenheit zu protestieren, noch ehe diese ein Wort gesagt hatte, doch ihr Vater wies sie barsch zurecht. »Ich bin sehr gespannt darauf, was Frau Czerni zu sagen hat.«

Wilfried Holzknecht, Wilhelm Althofer, August Meyerbeer und vielleicht auch der hoffnungslos überforderte Daniel Kruse – sie alle erhofften, was Birgit und Roland fürchteten: dass Lena ihre Rückkehr in die Firma erklären würde. Der Streit war gerade dabei zu eskalieren – Birgit wollte sich von ihrem Vater nicht den Mund verbieten lassen und griff Lena erneut an, Wilhelm rief empört dazwischen, Roland pflichtete Birgit bei –, als Wilfried Holzknecht das Wort ergriff. »Können wir vielleicht unsere persönlichen Gefühle und Ressentiments außen vor lassen und sachlich bleiben!«, forderte er.

Schweigen trat ein. Schließlich wollte sich niemand vorwerfen lassen, unprofessionell zu sein. Holzknecht bat Lena, sich zu setzen und wollte ihr eine Kopie der Tagesordnung reichen, doch sie wies beides zurück. »Ich bin nur gekommen, um klarzustellen, warum ich aufgegeben habe«, erklärte sie. Bei denjenigen, die auf ihre Rückkehr in die Firma gehofft hatten, machte sich Enttäuschung breit.

Lena schaute in die erwartungsvollen Gesichter. Ihre Anspannung löste sich, ruhig und gefasst begann sie ihre Erklärung.

»Seit ich herausgefunden habe, dass Wilhelm Althofer mein Vater ist, habe ich von nichts anderem geträumt und für nichts anderes gelebt, als einmal hier arbeiten zu dürfen. Ich war besessen von dieser Vorstellung. Nun ja, ich war jung und unerfahren. Auf dem Weg, den zu gehen ich mich entschlossen hatte, habe ich manchen wehgetan. Vor allem dir, Roland. Dafür möchte ich dich um Verzeihung bitten.«

Roland hatte die Kämpfe, die er mit ihr ausgefochten hatte, nicht vergessen. Kämpfe, die er zumeist verloren hatte. Letztlich war es dabei um die Liebe des gemeinsamen Vaters gegangen. Obwohl er heute nicht mehr allein seiner Halbschwester die Schuld für die erlittenen Demütigungen gab, tat es ihm gut, dass sie ihre Schuld anerkannte. Er nickte ihr versöhnlich zu.

Lena wandte sich nun an Wilhelm. »Auch dich habe ich verletzt, Vater, und ich möchte mich dafür entschuldigen.« Wilhelm lächelte. Was immer gewesen sein mochte, er hatte es längst verziehen. Lena atmete tief durch. Den schwersten Teil ihrer Rede hatte sie hinter sich, und sie hatte nicht eine Träne dabei vergossen. Nach kurzem Schweigen sprach sie weiter.

»Ich habe aber auch einiges erreicht. Als ich hier anfing, stand *Althofer* kurz vor der Pleite. Die Konkurrenz aus München schickte sich schon an, die Firma zu übernehmen. Im letzten Quartalsbericht dagegen belief sich unser Umsatz auf zehn Millionen Euro, fast vierzig Prozent davon erwirtschaftete unsere Internet-Boutique. Das war natürlich nicht nur mein Verdienst. Aber ich war sicher maßgeblich daran beteiligt.« Sie machte eine Pause und sah einen nach dem anderen an, ehe sie fortfuhr: »Ich liebe diese Firma, und ich liebe meinen Beruf. Mit den immer härter werdenden Bedingungen des Marktes wäre ich sicher fertig geworden; womit ich aber partout nicht leben konnte und wollte, war diese vergiftete Atmosphäre, waren die Verdächtigungen und Sticheleien. Ein solches Umfeld wirkt lähmend auf einen kreativen Menschen wie mich. Deshalb bin ich gegangen.«

Nun wurde ihr die Brust doch eng, Tränen drängten in ihre Augen. Sie wandte das Gesicht ab.

»War's das?«, fiel Birgit sogleich schnippisch ein. »Ich würde nämlich gerne ein paar Worte dazu sagen.«

Der Hass, der aus diesen Worten sprach, bohrte sich Lena tief ins Herz. Sie verstand nicht, was Birgit antrieb. Was wollte sie denn noch?

»Die Firma gehört euch«, sagte Lena nur. »Meine Anteile behalte ich wegen Florian; es war Cornelias Wunsch. Dr. Holzknecht wird sie vertreten.«

Damit war alles gesagt. Lena wandte sich um und verließ den Raum. Kaum draußen, beschleunigten sich ihre Schritte. Sie hatte die Villa gerade verlassen, als sie Wilhelm ihren Namen rufen hörte. Da blieb sie stehen. Ihr Vater kam zu ihr. Sie fürchtete schon, er wolle sie umstimmen, doch er machte keinerlei Anstalten dazu. »Ich bin stolz auf dich«, sagte er nur. »Es gehört viel Mut dazu, Fehler zuzugeben und um Verzeihung zu bitten. Du hast eine Menge gelernt, und das ist es, was am Ende zählt.«

Lena atmete erleichtert auf und dankte ihm. Er begleitete sie noch zum Wagen, umarmte sie und kehrte dann in die Villa zurück. Lena war froh, das alles hinter sich zu haben. Erst jetzt konnte ein neues Leben beginnen.

An der Pforte kam ein besorgter Ewald Kunze ans Wagenfenster und wollte wissen, wie das Meeting verlaufen war. Lena verwies ihn an die Geschäftsleitung. »Sie kommen also nicht wieder?«, fragte Kunze bang.

»Nein.«

Er nickte. Bitterkeit war in seinem Gesicht zu lesen. Als Vermögensverwalter des Investmentklubs hatte er sein ganzes Vertrauen in die Firma gesetzt. Ein Irrtum, wie sich nun herausstellte. »Dann werde ich unsere Aktien lieber verkaufen«, sagte er bedrückt.

»Geben Sie Birgit und den Althofers eine Chance«,

bat Lena. »Falls es Sie beruhigt: Ich behalte meine Anteile auch.«

Kunze nickte nachdenklich.

Schon an der Wohnungstür hörte Lena das Rattern der Nähmaschine. Angela hatte einen Schlüssel, damit sie jederzeit arbeiten konnte. Nun aber unterbrach sie ihre Tätigkeit, eilte in den Flur, wo Lena gerade ihre Jacke an der Garderobe aufhängte, und hielt ihr ein Kinderhemd hin. »Fast fertig«, lachte das Mädchen stolz, »nur die Knöpfe fehlen noch.«

»Schön«, sagte Lena nur. Sie war in Gedanken noch bei dem Meeting und vor allem bei der Frage, wieso Max nicht da gewesen war.

»Frau Michel hat angerufen«, teilte Angela mit. »Sie lässt ausrichten: ›Ist zu haben‹. Was bedeutet das?«

»Es geht um den Laden hier um die Ecke.«

Den kannte Angela. Wann immer sie daran vorbeikam, dachte sie: So ein Geschäft wäre super! Manchmal blieb sie davor stehen, schaute durch die Scheiben und stellte sich vor, wie sie den Laden einrichten würde. »Was ist damit?«, fragte sie nun.

»Wir werden ihn mieten. Das heißt: Du wirst ihn mieten.«

Angela bekam große Augen. »Und womit? Ich hab kein Geld.«

»Aber ich!« Lena blinzelte. »Ich werde dein stiller Teilhaber sein.«

Überglücklich fiel Angela Lena um den Hals. Schon bald würde sie ihre selbst entworfenen und gefertigten Kindermoden in einem eigenen Laden verkaufen. Wenn sie das Wolfgang erzählte! Oder ihrer Mutter, die schon gefürchtet hatte, ihre Tochter werde höchstens eine Drogenkarriere machen.

»Ein Geschäft zu führen, bedeutet vor allem harte Arbeit«, gab Lena zu bedenken, damit Angela die Bäume nicht gleich in den Himmel wachsen sah. »Hat sonst noch jemand angerufen?«

»Ja. Max Roemer. Er hat noch in München zu tun und kommt am Abend vorbei.«

»Was hältst du davon, wenn wir uns mal deinen zukünftigen Laden anschauen?«, schlug Lena vor.

Das brauchte sie Angela nicht zweimal zu sagen, denn schon nahm diese ihre Jacke von der Garderobe. Doch da läutete es an der Tür. Wenn das der Banker ist, dachte sie missmutig, wird bestimmt nichts draus.

Ihre Befürchtung bestätigte sich. Max stand mit Blumen vor der Tür. Es dauerte nur ein paar Sekunden, bis Lena und er sich in den Armen lagen. Wenn Blicke töten könnten, wäre er jedoch ein toter Mann gewesen, denn Angela sah ihn mit vernichtenden Blicken an.

»Ich bin in München früher weggekommen«, erklärte er. »Die nächsten beiden Tage habe ich frei.«

Wunderbare Aussichten, dachte Lena, fragte jedoch, wieso er nicht bei dem Meeting gewesen sei.

»Wozu, nachdem du abgesagt hast?«

»Hast du Lust auf einen Spaziergang?«, fragte Lena. »Ich brauche frische Luft. Außerdem hab ich dir einiges zu erzählen.«

Lena und Max verließen gerade das Haus, als Chris heranfuhr. Da sie am Telefon so kurz angebunden gewesen war und er sich keine weitere Abfuhr hatte einhandeln wollen, war er diesmal auf gut Glück direkt zu ihr gefahren. Doch Glück war ihm keines beschieden. Seine Miene erstarrte beim Anblick des Rivalen. Lena trat an sein Wagenfenster.

»Wieso hast du mir das nicht gesagt?«, warf er ihr vor. »Das hätte uns diese peinliche Situation erspart.«

»Was ist peinlich daran?«, entgegnete Lena. »Wir sind erwachsene Menschen.«

Chris nickte und maskierte seine Traurigkeit mit einem Lächeln. »Klar. Meine Schuld.«

»Wieso muss immer einer schuld sein?«, versetzte sie. »Du bist deinen Weg gegangen und ich den meinen. Und vielleicht kreuzen sich unsere Wege ja wieder einmal.«

Chris sah sie an. Irgendwie beneidete er sie. Sie wirkte glücklich und frei. Ihm wurde schmerzlich bewusst, dass es endgültig aus war. So viel hatte er ihr sagen wollen. Doch nun war es alles weg.

»Viel Glück«, sagte Lena.

»Danke, kann ich gebrauchen. Dir auch.«

Er ließ den Motor wieder an und fuhr los. Sie sah ihm nach, bis er am Ende der Straße verschwunden war. Dann ging sie zu Max, der ein Stück abseits auf sie wartete. Ob mit ihm eine gemeinsame Zukunft möglich war? Sie hatte seinen Heiratsantrag noch nicht beantwortet und wusste auch nicht, wie ihre Antwort ausfallen würde. Aber die Ungewissheit machte ihr nichts aus. Frau Dornbergs Worte fielen ihr wieder ein. »Genießen Sie Ihr Glück«, hatte sie gesagt. Genau das hatte sie vor.

Warnschuss

Waltraud nahm die Schale mit ihrem Süßwarenvorrat aus dem Schreibtisch. Ein paar von Bernds Keksen waren noch übrig. Eines musste man ihm lassen: Kochen und backen konnte er wie kein Zweiter. Aber da sie ohnehin auf ihre Figur achten musste, war das nur ein Grund mehr, die Beziehung zu beenden. Sie entschloss sich, die Kekse in einen Kaffeeplausch mit Frau Schäufele zu investieren, um dabei etwas mehr über Wilfried Holzknecht zu erfahren. An diesem Tag war ohnehin nicht viel los, denn die gesamte Geschäftsleitung war zur Hauptversammlung nach Frankfurt gefahren.

Auf dem Flur vor den Büros der Chefs kam Waltraud ein Mann mit Brille und Schnauzbart entgegen, den sie noch nie hier gesehen hatte. Statt ihren Gruß zu erwidern, rauschte er an ihr vorbei wie ein D-Zug. »Wer war denn der unfreundliche Kerl?«, fragte sie wenig später Frau Schäufele, die, einen großen Umschlag nachdenklich in der Hand wiegend, hinter ihrem Schreibtisch stand.

»Ein Dr. Tobler von *MTM Marketing*«, teilte die Kollegin mit. »Frau Meyerbeer hat bei der Terminvereinbarung mit ihm verschwitzt, dass sie heute den ganzen Tag in Frankfurt ist. Er hat die Ergebnisse der Marktanalyse gebracht.«

Waltraud verstand. Der Inhalt des dickleibigen, mit dem Vermerk »Vertraulich/Persönlich« gekennzeichneten Umschlags war von höchster Brisanz. Wenn Kruses Kollektion bei den befragten Frauen durchgefallen war – und davon ging sie aus, denn sie hatte ein paar seiner Modelle gesehen – hatte die *ACF* ein großes Problem.

Frau Schäufele legte den Umschlag in den Posteingangskorb und wandte sich Waltraud zu, die die Schale mit den Keksen auf den Tisch stellte. »Was halten Sie von einem kleinen Plausch?«, fragte Waltraud. Dazu musste sie ihre Kollegin nicht überreden. Sie hatte gerade frischen Kaffee gemacht. Nachdem die beiden Frauen sich gesetzt hatten, neigte Frau Schäufele sich ein wenig vor und sagte: »Nun mal ehrlich, Frau Michel: Sie sind doch nicht nur zum Kaffeetrinken hier.«

Waltraud fühlte sich ertappt. Zuerst machte es sie verlegen, so leicht durchschaut worden zu sein, aber dann war sie sogar froh darüber, denn nun konnte sie ohne viel Drumherumreden zu ihrem Anliegen kommen. Sie erzählte von ihren Gefühlen für Wilfried Holzknecht, von dem Segelwochenende am

Chiemsee, bei dem sie ihm ihre Absichten in ziemlich eindeutiger Weise offenbart hatte. Nur seinetwegen habe sie bisher nicht gekündigt. Doch er reagiere nicht auf ihre Vorstöße und habe sogar aufgehört, ihre E-Mails zu beantworten.

Frau Schäufele fühlte sich von diesen Geständnissen überrumpelt. Mit vielem hatte sie gerechnet, doch nicht mit so was. Nachdem Waltraud geendet hatte und nun offenbar von ihr einen Rat erwartete, vermochte sie außer einem hilflosen »Tja, was soll ich dazu sagen?« nichts anzubieten.

»Wissen Sie, ob er mit jemandem liiert ist?«, fragte Waltraud. »Gibt es irgendwelche Anrufe, die darauf hindeuten?«

Frau Schäufele verneinte. Sie fühlte sich unwohl in ihrer Haut, da Waltraud sie offenbar zu einer Art Komplizin bei ihrem bislang erfolglosen Werben um Dr. Holzknecht machen wollte. Deshalb war ihr die Störung durch Daniel Kruse, der nach einmaligem Anklopfen wie ein Wirbelwind hereinfegte, recht, auch wenn sowohl dieses Auftreten wie auch der angespannte Ausdruck auf seinem Gesicht nichts Gutes verhieß.

»Herr Kunze sagte mir eben, ein Herr von der Marketing-Agentur sei da gewesen«, sagte er atemlos, während sein Blick schon auf Frau Schäufeles Schreibtisch herumsuchte. Im Posteingangskorb wurde er fündig. Er nahm den Umschlag heraus, um ihn zu öffnen, doch Frau Schäufele fuhr hoch und verwehrte es ihm mit einem lauten: »Herr Kruse! Das geht aber nicht!«

Er schaute nur kurz auf. »Ich muss wissen, was drinsteht, Frau Schäufele«, erklärte er und setzte schon den spitzen Fingernagel an. Es war schiere Verzweiflung, die ihn zu solcher Dreistigkeit trieb, denn nach all den niederschmetternden Erfahrungen bei den bisherigen Präsentationen seiner Modelle vor der Geschäftsleitung befürchtete er das Schlimmste. Doch ehe er sich weiter an dem Kuvert vergreifen konnte, hatte Frau Schäufele es ihm schon entrissen. Alles Bitten und Flehen des Designers war vergebens, die pflichtbewusste Sekretärin ließ das brisante Datenmaterial in der untersten Schreibtischschublade verschwinden.

»Wenn Sie unbedingt eine Meinung haben wollen«, warf Waltraud, der die Störung lästig war, ein, »Ich würde mir nichts aus Ihrer Kollektion in den Schrank hängen.«

Der Designer sah sie von oben herab an, machte dann eine zwar abfällig gemeinte, aber elegant wirkende Handbewegung und sagte: »Ihre Meinung zählt nicht. Als Ex-Sekretärin von Frau Czerni sind Sie voreingenommen.«

»Wollen Sie zur Beruhigung einen Keks?«, fragte Waltraud spöttisch und hielt ihm die Schale hin.

Kruse wandte sich indigniert ab und stürmte aufgebracht aus dem Vorzimmer. Schon wollte Waltraud sich wieder der Besprechung ihrer Herzensangelegenheiten zuwenden, als das Telefon klingelte. Während sie einen dumpfen Unmutslaut äußerte, hob Frau Schäufele ab, reichte den Hörer jedoch im nächsten Moment an ihre Kollegin weiter.

Waltraud zuckte zusammen, als sie Bernds Stimme hörte. Er klang nicht eben freundlich. Bei ihrem letzten Gespräch hatte sie vorsichtig angedeutet, dass sie sich von ihm trennen wolle, doch sie hatte das Thema gleich wieder fallen lassen, denn Bernd war, obwohl sie sich in einem Lokal befunden hatten, sofort laut geworden. Auch jetzt wirkte es auf sie, als habe er nicht alle Sinne beisammen. Er wollte sie unverzüglich sehen, offenbar vermutete er, sie befände sich hier nicht mit ihrer Kollegin, sondern mit Dr. Holzknecht beim Schäferstündchen. Zu dumm, dass er sich schon auf dem Gelände befand, denn so konnte sie ihn nicht abweisen, ohne dabei Gefahr zu laufen, dass er Radau machte. Sie versprach zu kommen. Verärgert gab sie den Telefonhörer zurück. Frau Schäufele sah sie besorgt an.

»Mein zukünftiger Ex-Freund«, erklärte Waltraud. »Er will es nur nicht begreifen. Ich meine, er ist ja rührend. Nur weil ich bemängelt habe, dass wir kaum etwas miteinander zu reden hätten, hat er in der Volkshochschule Kurse über Literatur und allerlei sonstigen Kram belegt.«

Mit dem Versprechen, gleich wiederzukommen, verließ Waltraud ihre Kollegin. Ihre Schritte klapperten aufgebracht durch das Treppenhaus. Dem werde ich was erzählen, dachte sie mit wachsendem Zorn.

Schon von weitem sah sie Bernds Taxi. Wie ein hungriger Löwe an den Gitterstäben seines Käfigs lief Bernd neben dem Wagen auf und ab. Als er Waltraud erblickte, blieb er schlagartig stehen und öffnete die Tür zum Fond.

»Was soll denn der Unsinn!«, herrschte Waltraud ihn erbost an. Nicht nur die vor der Brust verschränkten Arme, alles an ihr drückte Ablehnung aus.

»Steig ein!«, verlangte Bernd barsch und wies auf den Rücksitz. Sein Gesicht war blass und abgemagert. Vermutlich hatte er seit langem nicht mehr richtig geschlafen.

»Ich kann nicht hier weg!«, widersprach Waltraud heftig.

Doch Bernd ließ sich auf keine Diskussion ein. Er packte sie und schob sie auf den Rücksitz. Mit einem Knall schlug die Tür zu. Waltraud versuchte erst die eine, dann die andere Tür zu öffnen. Vergebens. Bernd hatte die Kindersicherung eingelegt! Im nächsten Moment saß er hinter dem Steuer und preschte mit durchdrehenden Reifen davon.

Wild hupend raste das Taxi auf die Pforte zu. Kunze zuckte vor Schreck zusammen, als er das Auto heranschießen sah. Ist dieser Bernd Onasch denn jetzt völlig durchgedreht?, schoss es ihm durch den Kopf. Er sprang aus dem Pförtnerbüro und betätigte hastig den Knopf an der Schranke. Gemächlich setzte der Schlagbaum sich in Bewegung. Mit nur wenig vermindertem Tempo jagte der Wagen heran. Die Schranke war noch längst nicht oben, als er schon darunter hindurchraste. Das war knapp gewesen. Hilflos sah Kunze Waltrauds ängstliches Gesicht im Heckfenster und ihr verzweifeltes Winken.

Mit quietschenden Reifen und schlingerndem Heck bog das Taxi auf die Straße. Waltraud hatte fürs Erste aufgehört, auf Bernd einzureden, schon weil sie fürchtete, er könne die Herrschaft über das Auto verlieren, wenn sie ihn ablenkte. Doch in ihr Schicksal ergeben hatte sie sich darum noch längst nicht. Als Bernd augenscheinlich ein wenig ruhiger geworden war, beugte sie sich nach vorne. In ihrem Innern brodelte es.

»Sag mir wenigstens, wo du mit mir hin willst!«, verlangte sie in barschem Ton.

»Dorthin, wo wir mal glücklich waren«, antwortete er. Seine Miene war wie aus grauem Metall, die Augen starr geradeaus gerichtet. Wie eine Maschine, in der ein Programm ablief. Selbst seine Bewegungen hatten etwas Mechanisches.

Waltraud überlegte, was er meinen könne. In den Anfängen ihrer Beziehung waren sie an vielen Orten glücklich gewesen. Aber vielleicht nirgends so sehr wie am Baggersee, fiel ihr da ein. Das musste es sein. »Was willst du denn mit mir am Baggersee?«, fragte sie genervt und rollte dabei mit den Augen. »Das bringt doch nichts!«

Bernd verzog keine Miene, entgegnete nur monoton: »Nicht zum Baggersee. Nach Venedig.«

Erst jetzt begriff Waltraud. Auch sie hatte nur schöne Erinnerungen an den Urlaub in Venedig. Damals hatte es ihr nichts ausgemacht, dass er für die Schönheit der Stadt kaum ein Auge gehabt hatte, denn ihren Schönheiten hatte er wahrlich angemessene Aufmerksamkeit gezollt. Gerade seine urwüchsige, unverbildete Art hatte sie ja an ihm gereizt. Waltraud war zu der Zeit ausgehungert nach einem Mann gewesen und je direkter einer zur Sache kam, desto lieber war es ihr. Eine gemeinsame Zukunft hatte sie mit Bernd nie gesehen. Insofern lief sein Versuch, vergangene Zeiten gewaltsam zurückzuholen, ohnehin ins Leere.

Resigniert ließ Waltraud sich gegen die Lehne sinken. Das Schlimmste war für sie diese Ohnmacht. »Das ist Freiheitsberaubung!«, protestierte sie. »Darauf steht Gefängnis.« Statt einer Antwort schaltete Bernd das Radio ein und drehte die Lautstärke voll auf. »With or without you ...«, brüllten U2 in Waltrauds Ohren ...

»With or without you«, sang Angela das Lied im Radio mit, während sie die Nähmaschine munter rattern ließ. Seit das Mädchen wusste, dass es schon bald einen eigenen Laden führen würde, war sein Eifer nicht mehr zu bremsen. Schließlich brauchte sie noch jede Menge Ware, um die Regale zu füllen. Zu ihren Füßen spielte Florian mit Stoffresten. Lena saß nicht weit entfernt, blätterte in einer *Vogue* und warf zuweilen einen Blick auf den Jungen. Obwohl es schon nach zehn Uhr war, trug sie noch ihren Morgenmantel. Neuerdings genoss sie es, ganze Vormittage auf diese Weise zu vertrödeln.

Plötzlich stockte das Rattern der Nähmaschine, so als habe sie sich an etwas verschluckt. »Mist!«, entfuhr es Angela. »Die Nadel ist schon wieder abgebrochen.«

»Drei Lagen von diesem Stoff sind einfach zu viel«, meinte Lena ruhig und ohne aus ihrer Zeitschrift aufzuschauen. »Aber du willst ja nicht hören.«

Angela schoss einen ärgerlichen Blick auf Lena ab. »Musst du eigentlich immer Recht haben!«

»Sieht so aus«, erwiderte diese trocken, obwohl der Wortwechsel sie innerlich erheiterte. Sie liebte diese kleinen Neckereien mit Angela.

Die Türglocke störte die traute Morgenidylle. Lena stand auf, strich sich das ungekämmte Haar hinter die Ohren und ging, um zu öffnen. Unverhofft stand Max vor ihr, heute nicht im Anzug, sondern in legerer Freizeitkleidung.

»Wieso bist du nicht bei der Hauptversammlung?«, fragte sie, während er hereinkam. »Die ist doch heute, oder?«

»Was soll ich da?«, entgegnete er. »Die Kreditzusage ist sowieso vom Tisch.«

Er wollte sie schon an sich ziehen und küssen, als er Angela bemerkte, die, leise in sich hineinfluchend, die Nadel an der Nähmaschine wechselte. Lena gab ihm einen flüchtigen Begrüßungskuss, sagte: »Ich dusche nur kurz« und war auch schon ins Bad verschwunden.

Die Hände in den Hosentaschen schlenderte Max zu Angela und sah ihr, während er im Bad das Duschwasser prasseln hörte, bei der Arbeit zu. Ich hab zwar heute Morgen schon geduscht, dachte er nach einer Weile, aber vielleicht nicht gründlich genug. Er zog seine Geldbörse hervor, nahm hundert Euro und legte sie vor Angela hin. »Was halten Sie davon, wenn Sie mit Florian ein Eis essen gehen?«, schlug er vor.

Angela sah ihn erstaunt an. »Dafür können wir ja den ganzen Eisladen leer kaufen«, lachte sie.

»Wie Sie das Geld ausgeben, ist ganz Ihre Sache.«

Natürlich hatte Angela verstanden. Und hundert Euro waren ein ziemlich überzeugendes Argument. Außerdem konnte ihr eine kleine Pause nicht schaden, seit sieben Uhr saß sie schon da und nähte sich die Finger wund. Flink machte sie Florian und sich selbst für einen Spaziergang fertig. Max wartete, bis sie fort waren und wandte sich dann dem Bad zu. Er hatte die Hand schon auf der Klinke, als die Tür aufging und Lena geradewegs in seine Arme lief.

»Schade«, sagte er. »ich wäre zu gerne zu dir unter die Dusche gestiegen.«

Lena schob ihn sanft von sich. »Angela und Florian sind doch hier«, gab sie zu bedenken, obwohl die Vorstellung auch ihr gefallen hätte.

»Die beiden hab ich weggeschickt. Wir sind ganz unter uns.« Er lächelte sie spitzbübisch an.

Lena warf einen Blick um sich. Tatsächlich, ihre beiden Schützlinge waren fort. So ein Schlitzohr! Ehe Max sie küsste, öffnete er ihren Bademantel und schob ihn über ihre Schultern. Der weiche Stoff streichelte, während er zu Boden glitt, sanft über Lenas Rücken und gab ihr eine Ahnung von der Zärtlichkeit, die sie erwartete. Jede Faser ihres Körpers sehnte sich danach.

Im Zustand höchster Panik, der nur Nuancen von Hysterie entfernt lag, war Daniel Kruse in seinem roten Cabriolet vom Firmengelände gebraust. Im Kofferraum lagen die Mappen mit seinen Entwürfen. Wenn ihn jemand jetzt noch retten konnte, war es

Lena Czerni. Wieso sie also nicht um Hilfe bitten? Von seinem Designerstolz war ohnehin nichts mehr übrig, und das bisschen Selbstachtung, das in seiner Brust noch um Geltung rang, war vom Selbsterhaltungstrieb längst ausgebootet.

Dieser Selbsterhaltungstrieb hatte ihn nach dem Verlassen des Vorzimmers zurück in die Chefetage getrieben – zurück zu jenen Informationen, von denen, wenn schon nicht sein Leben, so doch seine Karriere abhing. In einem Nebenraum hatte er gewartet, bis Frau Schäufele ihren Posten räumte, dann war er wie ein Dieb in ihr Büro geschlichen. Der Umschlag mit den Ergebnissen der Kundinnenbefragung war leicht zu finden gewesen. Allerdings hatte er weder die Ruhe noch die Zeit gehabt, ihn auf schonende Weise zu öffnen und deshalb ohne Rücksicht aufgerissen. Was er dann zu lesen bekommen hatte, war niederschmetternd gewesen. Kaum ein Viertel der befragten Frauen fand seine Modelle ansprechend, weniger als zehn Prozent zeigten Bereitschaft, das eine oder andere davon zu kaufen. Er war erledigt. Nur ein Wunder konnte ihn noch retten. Der einzige Mensch, der dieses Wunder vollbringen konnte, war – Lena Czerni!

Daniel Kruses Augen suchten fieberhaft die Klingelleiste nach Lenas Namen ab, als sich die Haustür in seinem Rücken öffnete. Ohne geläutet zu haben, trat er ein und lief die Treppe hinauf. Schweißperlen standen auf seiner Stirn. Würde Lena ihn überhaupt anhören? Oder ihn hochkantig hinauswerfen? Er streifte an den Türen vorbei, suchte den Namen der

Person, von der er sich die Wendung seines Schicksals versprach. Endlich, da war sie. Mit pochendem Herzen drückte er auf den Knopf. Nichts regte sich. Er drückte erneut, diesmal etwas länger. Da endlich vernahm er drinnen Geräusche.

Lena war noch damit beschäftigt, ihr T-Shirt in die Hose zu stecken, als sie öffnete. Sie hatte Angela erwartet und war darum umso erstaunter, Kruse vor sich zu sehen. Er wartete nicht darauf, hereingebeten zu werden, sondern drängte sich an ihr vorbei ins Innere der Wohnung. Die Kleidungsstücke auf dem Boden, die eine Spur zum Schlafzimmer legten, beachtete er nicht. »Ich bin am Ende, Frau Czerni!«, stöhnte er nur und fiel auf den ersten Stuhl, dessen er habhaft werden konnte. »Sie müssen mir helfen.«

Nur sehr zögernd schloss sie die Tür. »Das mag ja sein«, sagte sie, »aber im Moment ist es ganz schlecht.«

Der Zeitpunkt seines Besuchs hätte kaum unglücklicher gewählt sein können. In ihrem Bett wartete Max mit tausend weiteren Zärtlichkeiten auf sie, während sie hier ihre Zeit mit Kruse verplemperte. Da sie erkannte, dass sie ihn nicht loswerden würde, machte sie auch keinen weiteren Versuch, sondern hörte sich an, was er von ihr wollte.

Daniel Kruse erzählte in kurzatmiger Rede vom Ergebnis der Marktanalyse, klagte über den unerträglichen Druck, der auf ihm laste und dem er nicht mehr lange gewachsen sei und beschwerte sich über das mangelnde Verständnis für seine Arbeit, was allerdings von Seiten eines früheren Bierbrauers und dessen Tochter auch nicht überrasche. Seine Ausführungen mündeten in der drängenden Bitte, ob Lena nicht einen Blick auf seine Entwürfe werfen und ihm ein paar Verbesserungsvorschläge machen könne.

Schweren Herzens, weil sie ihn sonst vermutlich überhaupt nicht mehr losgeworden wäre, stimmte Lena zu. Er atmete erleichtert auf. Endlich ein Silberstreif am Horizont. »Ich hab alles im Wagen«, erklärte er. »Ich werde es gleich holen.«

»Nicht nötig«, entgegnete Lena, die ihn nicht länger als nötig in der Wohnung haben wollte, »ich begleite Sie.«

Auf dem Weg nach unten fand Kruse nicht genug Worte, ihr seine Dankbarkeit auszudrücken, sowie sein Bedauern über ihren Abgang aus der Firma zu äußern. »Ich wollte nie Ihren Posten«, versicherte er, »ich habe Sie doch stets bewundert. Es war eine Ehre für mich, für Sie zu arbeiten und von Ihnen lernen zu dürfen.«

»Ja, ja«, erwiderte Lena nur knapp. Solche Schmeicheleien waren ihr eher peinlich.

Bei seinem Wagen angekommen, holte er sogleich die beiden großformatigen Mappen mit seinen Entwürfen aus dem Kofferraum. Schon beim flüchtigen Durchsehen erkannte Lena seinen Hauptfehler, der alle guten Ansätze zunichte machte. Statt die Bedürfnisse der Kundinnen zu befriedigen, befriedigte er nur seine eigenen. In der Haute Couture, die Mode eher als Kunst betrachtete, mochte das angehen, wenn man jedoch für den breiten Markt arbeitete, war das eine Todsünde. Lena erklärte sich bereit, die Entwürfe zu überarbeiten. Kruse zerfloss beinahe vor Dankbarkeit.

»Ihnen ist hoffentlich klar, dass Sie Ihren Job los sind, wenn die Geschäftsleitung dahinter kommt«, gab sie ihm zu bedenken.

Er zuckte nur die Schultern. Ohne Lenas Hilfe war er seinen Job sicher auch bald los. »Wenn Sie nichts sagen und ich auch nicht«, entgegnete er, »erfährt keiner was von unserem kleinen Geheimnis.«

Das Taxi rollte in zügigem Tempo über die Landstraße. Bis zur österreichischen Grenze war es nicht mehr weit. Waltraud wunderte sich, wieso Bernd nicht die Autobahn genommen hatte. Immer weniger verstand sie auch, was er sich von der Entführung versprach. Gewiss, Venedig war eine wunderbare Stadt, die Stadt der Liebe, und sie waren dort glücklich gewesen – aber glaubte er allen Ernstes, es bräuchte nur ein bisschen romantische Stimmung und Schwelgen in alten Zeiten und schon würde sie wieder in seine Arme sinken? Selbst in seiner Verblendung musste ihm klar sein, dass das nicht funktionieren konnte und dass er mit der Anwendung von Gewalt die Kluft zwischen ihnen nur vertiefte.

Mit verschränkten Armen saß Waltraud auf dem Rücksitz und sann darüber nach, wie sie ihn zur Aufgabe seines Plans bringen konnte. Zuweilen beobachtete er sie im Rückspiegel. Sie tat so, als bemerke sie es nicht. Wenn ihre Blicke die seinen dennoch trafen, zuckten ihre Augen sofort weg. War das wirklich Liebe, die sie aus seinen Augen ansah? Oder doch eher Hass? Beides war oft schwer zu unterscheiden, die Trennlinie so dünn wie die Schneide eines Messers.

Bernd drehte die Musik leiser.

»Kennst du Hans Erich Nossack?«, fragte er nach hinten.

Waltraud zuckte gleichgültig die Schultern. »Wer soll das sein?«

»Ein deutscher Schriftsteller. Wir haben im Literaturkurs ein Buch von ihm gelesen. ›Spätestens im November‹ heißt es. Nie gehört?« Er sah sie kurz an, diesmal nicht durch den Spiegel, sondern über die Schulter.

»Nein«, antwortete Waltraud genervt. »Spätestens wenn du tanken musst, ist der Spaß hier vorüber.«

Bernd ignorierte ihre Worte und fuhr ungerührt fort: »Das ist eine Liebesgeschichte. Willst du wissen, wovon sie handelt?«

»Du wirst es mir sowieso erzählen.«

»Ein Mann kommt auf ein Fest. Als er den Saal betritt, sieht er am anderen Ende des Raumes zwei Augen, die ihn anschauen. Sie gehören einer wunderschönen Frau. Ich stelle sie mir so wie dich vor.«

Er warf einen Blick in den Spiegel, um die Wirkung seiner Worte zu überprüfen. Mit demonstrativem Desinteresse saß Waltraud da und schaute durch das Seitenfenster auf die vorüberfliegende Landschaft. Hügel, Bäume, vereinzelte Häuser. Doch er wusste, dass sie ihm zuhörte.

»Der Mann muss diese Frau unbedingt kennen lernen. Und ihr geht es genauso. Sie gehen aufeinander zu, wie in Zeitlupe, verstehst du? Wie in einem Traum. Schließlich stehen sie sich gegenüber. Sie haben sich nie zuvor gesehen, aber sie wissen, dass sie das gefunden haben, was ihnen im Leben immer gefehlt hat. Sie wissen es einfach. ›Lass uns gehen‹, sagt der Mann.«

»Da vorne kommt eine Tankstelle«, sagte Waltraud nur. »Ich muss aufs Klo.«

Bernd lachte und trat aufs Gas. Mit über hundert Sachen schossen sie an der Tankstelle vorüber. Er genoss ihre Hilflosigkeit. Sie entschädigte ihn für so manches, was sie ihm angetan hatte: den Schmerz der Zurückweisung, die Lügen, die Verstellungen. Waltraud sah sich sehnsuchtsvoll nach der Tankstelle um. Eine seltsame, irrationale Angst kroch langsam wie auf Spinnenbeinen in ihr hoch. Die Angst, sie könne nie mehr aus diesem Auto herauskommen. Unsinn, dachte sie, spätestens wenn er tanken muss, bin ich weg.

»Willst du gar nicht wissen, wie die Geschichte weitergeht?«, fragte Bernd unterdessen und verlangsamte das Tempo wieder etwas.

»Nein!«, Waltraud schlug ihm ihre Antwort mit der Härte eines Faustschlags entgegen.Doch Bernd lachte nur.

»Die beiden fahren mit dem Auto weg«, erzählte er, »und reden miteinander. Sie haben das Gefühl, sich schon ewig zu kennen. So wie es mir mit dir gegangen ist. So eine Liebe gibt es nicht wieder. Einmalig. Unglaublich schön.«

»Und wenn sie nicht gestorben sind, dann leben sie noch heute«, sagte Waltraud sarkastisch.

»Sie sind gestorben.«

Waltraud schaute in den Spiegel und fand darin Bernds Augen. Sie waren finster wie Brunnenschächte. Aus ihrer Tiefe schaute kalter Wahn sie an. Der Anflug eines befriedigten Lächelns legte sich um seine Mundwinkel. Sie weiß es, dachte er. Jetzt weiß sie es.

»Ihnen war klar«, fuhr er in seiner Erzählung fort, »dass kein Moment mehr so vollkommen sein würde, wie dieser erste, in dem sie sich kennen lernten. Deshalb haben sie sich entschieden, diese Vollkommenheit zu bewahren. Sie sind gegen einen Brückenpfeiler gerast. Ist das nicht großartig?« Er wandte sich zu ihr um. »Wenn ich nicht mit dir leben darf, Waltraud, dann will ich mit dir sterben«, sagte er.

Waltraud erblasste. Ihr Herz sackte ab. Das war kein makaberer Scherz. Es war sein voller Ernst. Bernd wandte sich wieder nach vorne. Der Wagen folgte einer Kurve. Dahinter tat sich eine lang gestreckte Allee auf. Seitlich fiel Sonnenlicht ein und ließ die Straße wie ein mystisch verklärtes Portal in eine andere Welt erscheinen. Bernd drückte das Gaspedal durch.

Gut gelaunt kehrten Birgit und Roland von der Hauptversammlung aus Frankfurt zurück. In ihrem hemmungslos geschönten Rechenschaftsbericht hatte Birgit weder den Abgang Lenas erwähnt, noch, dass *Rousseau* sein Engagement bei *Althofer* aufgegeben hatte, woraufhin der Vorstand von den Anlegern entlastet worden war. Nur Felix goss etwas Essig in den Wein, indem er auf die noch immer fehlende Herbstkollektion hinwies. Doch Birgit und Roland wollten sich davon die Stimmung nicht verderben lassen.

Kurz nach ihnen fuhr auch Wilfried Holzknecht auf das Gelände. Roland hatte ihn, bevor sie am Augsburger Flughafen losgefahren waren, zu einem kleinen Umtrunk in die Villa eingeladen, um den glimpflichen Verlauf der Versammlung zu feiern. Allerdings tat er das nur aus Höflichkeit und ohne Birgits Zustimmung, wie sich aus deren Miene leicht ablesen ließ. Sie hatte Holzknecht noch nicht verziehen, dass er sich, während der Applaus im Saal gerade verebbte, ihr gegenüber entschieden von den Täuschungen in ihrem Bericht distanzierte und sie sogar als arglistig, ja kriminell bezeichnete.

Wilfried war gerade ausgestiegen, da kam Felix auf ihn zu. »Aus dem Umtrunk wird nichts«, sagte er. »Birgit hat einen Migräneanfall.«

Wilfried nickte. Das war ganz offensichtlich eine Ausrede. Sie wollte ihn nicht sehen, was er verstehen konnte. Im Übrigen war auch er froh, dieser lästigen Verpflichtung entgangen zu sein. So konnte er noch ein paar von den Dingen erledigen, die heute liegen geblieben waren.

Im Vorzimmer wartete eine beunruhigt wirkende Frau Schäufele auf ihn. Sie hatte eben in der Villa angerufen und Birgit mitgeteilt, dass der Marketing-Bericht eingetroffen war. Natürlich verlangte diese ihn unverzüglich zu sehen. Doch nicht das war es, was die Sekretärin beunruhigte. Kunze hatte ihr in höchster Erregung von Waltrauds Entführung erzählt und gedrängt, die Polizei zu rufen. Frau Schäufele hatte zunächst beschwichtigt, doch da sie nach so vielen Stunden noch immer nichts von Waltraud gehört hatte, wuchs auch ihre Sorge.

»Ich bin gleich wieder da«, teilte sie Holzknecht mit. »Ich muss nur den Marketing-Bericht in die Villa bringen.«

Wilfried, der schon halb in seinem Büro verschwunden gewesen war, wandte sich um und kehrte zurück ins Vorzimmer. »Wo ist der Bericht?«, fragte er ernst.

Frau Schäufele zog die Schublade auf, in die sie ihn vor Kruse in Sicherheit gebracht hatte. Sie wurde blass, als sie das ungestüm aufgerissene Kuvert herausholte. Sie wusste natürlich, wie das auf ihren Chef wirken musste, zumal er sie schon mehrfach ertappt hatte, wie sie in Unterlagen geblättert hatte, die sie eigentlich nichts angingen.

»Das war ich nicht«, verteidigte sie sich sofort. Wenn sie den Umschlag wirklich öffnen hätte wollen, hätte sie es auf weit schonendere Weise getan, über Wasserdampf zum Beispiel, und ihn nachher wieder verschlossen. Da ihr die Zweischneidigkeit dieses Arguments bewusst war, unterließ sie es freilich, es zu ihrer Verteidigung vorzubringen.

»Herr Kruse war's!«, behauptete sie und wollte schon vom Auftritt des Designers am Morgen erzählen. Doch Holzknecht brachte sie mit einer abwehrenden Handbewegung zum Schweigen, nahm den Bericht aus dem Umschlag und blätterte ihn durch. Die Daten waren wie befürchtet niederschmetternd. Er wies Frau Schäufele an, die relevanten Seiten zu kopieren, ehe sie den Bericht in die Villa brachte. »Und was immer Sie dabei zu sehen bekommen, behalten Sie für sich, klar?«, ermahnte er sie streng. Sie wollte sich erneut verteidigen, doch er hatte sich schon abgewandt, zog sich in sein Büro zurück und nahm das Telefon, um August Meyerbeer zu informieren. »Mist!«, stieß dieser angesichts der Hiobsbotschaft verärgert aus. »Und was machen wir jetzt?«

»Und was machen wir jetzt?«, fragte Roland besorgt und sah abwechselnd Birgit und Felix an. Das Ergebnis der Marktanalyse hatte die Sektlaune empfindlich gestört. Statt zu antworten, rief Birgit in Kruses Atelier an und zitierte ihn in die Villa.

»Du darfst nicht zu streng mit ihm sein«, ermahnte sie Felix.

Birgit antwortete nicht. Mit verschränkten Armen stand sie hinter ihrem Arbeitsplatz und schaute nachdenklich vor sich hin. Kruse war eindeutig der Schwachpunkt. Doch auf die Schnelle jemand anderen zu finden, war unmöglich. Sie wandte sich ab und trat ans Fenster. Ihre Absätze knallten wie Peitschenhiebe auf dem Parkett. Wenn die Kollektion ein Flop wurde, war alles aus. Dann war sie die Verliererin und Lena wieder obenauf. Dazu durfte es unter keinen Umständen kommen. Sie durften sich jetzt keinen Fehler und keinen Misserfolg mehr erlauben. Ein Glück nur, dass sie die Produktion nicht hatte anlaufen lassen, wie Fertigungsleiter Wieland es von ihr verlangt hatte. Wieland war auch so ein Bedenkenträger, der überall nur Probleme sah. Leute wie er waren der Sand im Getriebe ihres Erfolgs.

Roland trat hinter sie und legte seine Hände auf ihre Schultern. Sie lehnte sich gegen ihn. Das tat gut. Wie gerne wäre sie jetzt schwach gewesen. Aber sie musste stark sein. Musste allen beweisen, dass sie besser war als Lena Czerni.

Birgit beobachtete, wie Kruse im Laufschritt um die Ecke kam und auf die Villa zulief. Etwas in ihr spannte sich an. Sie löste sich von Roland und kehrte hinter ihren Arbeitstisch zurück, um den Designer zu erwarten.

Es dauerte nicht lange, bis er, blass und außer Atem, vor ihnen stand. Seine Knie waren wie Butter, er ballte die Hände zu Fäusten, um sein Zittern zu verbergen. Felix bot ihm ein Glas Sekt an, doch Kruse lehnte mit einem Kopfschütteln ab. Birgit fixierte ihn indes wie eine Spinne ihr Opfer, während sie ihm mit knappen Worten erklärte, was er ohnehin längst wusste: dass seine Kollektion bei den potenziellen Kundinnen durchgefallen war.

»Wir brauchen in genau einer Woche eine überarbeitete Kollektion«, verlangte Roland. »Schaffen Sie das?«

Kruse schluckte trocken. »Eine Woche?« Selbst mit Lenas Hilfe war das ziemlich knapp.

»Länger darf es unter keinen Umständen dauern«, bekräftigte Birgit und machte ein paar Schritte auf Kruse zu. »Wir brauchen mindestens vier Wochen Vorlauf für die Produktion.«

Felix trat noch näher an Kruse heran und klopfte ihm ermutigend auf die Schulter. »Sie schaffen das schon.« Sein Lächeln wirkte auf den Designer wenig tröstlich.

»Wenn nicht«, ergänzte Roland, »war Ihre erste Kollektion zugleich Ihre letzte bei uns.«

Als ob Kruse dieses Hinweises bedurft hätte. Er nickte und wandte sich um. Felix begleitete ihn zur Treppe. »Nehmen Sie es nicht so tragisch«, munterte er ihn auf dem Weg dorthin auf. »›Das Bessere ist der Feind des Guten‹, hat mein Großvater immer gesagt. Und aller Anfang ist schwer.«

Kruse nickte. Felix sah ihm nach, wie er mit hängendem Kopf und gesenkten Schultern die Treppe hinunterging. Der arme Kerl tat ihm fast ein wenig Leid. Er hatte geglaubt, gemütlich in Lenas Fahrwasser schippern zu können und fand sich nun allein in stürmischer See wieder. Wenn das mal gut ging.

Als Felix in den Konferenzraum zurückkehrte, empfing Birgit ihn mit vorwurfsvoller Miene. »Was soll denn das, Felix? Der Mann braucht Druck und keine Binsenweisheiten.«

»Kruse ist ein Künstler«, versetzte Felix heftig. Manchmal ging ihm Birgits Herablassung und Besserwisserei gehörig auf die Nerven. »Unter Druck läuft bei dem gar nichts. Er knallt höchstens ganz durch und dann sind wir schön angeschmiert.«

Roland pflichtete ihm bei. Birgit sah es zwar noch immer anders, wollte aber nicht länger darauf herumreiten. Sie war müde. »Machen wir Schluss für heute«, schlug sie vor. Dem konnten die beiden Brüder nur beipflichten. Der Tag war anstrengend gewesen, ein wenig Zerstreuung würde ihnen allen gut tun. Felix schlug vor, in der Stadt noch ein wenig zu feiern, doch Roland legte in schwer zu missdeutender Absicht von hinten seine Arme um Birgits Bauch. »Den Abend hatte ich mir anders vorgestellt«, sagte er lächelnd und küsste Birgits Hals.

Felix hatte verstanden. Er leerte sein Champagnerglas und verabschiedete sich. Kaum war die Tür hinter ihm zugefallen, drehte Birgit sich in Rolands Armen um und sah ihn an. »Irgendwann werden wir uns einigen müssen, wer der Chef in der Firma ist«, sagte sie. »Du oder ich?«

»Wir beide«, entschied Roland rasch. »Bisher hat es doch prima geklappt. Und wenn ich erst im Vorstand bin ...« Ein breites Lächeln trat auf sein Gesicht.

Birgit indes teilte seine Zuversicht nicht. Sie kannte die Vorbehalte ihres Vaters gegen Roland. Und sie wusste noch nicht einmal, ob es ihr selbst recht war, wenn Rolands Macht in der Firma gestärkt würde. Sie hätte lieber die alleinige Kontrolle gehabt. »Vater wird sich quer stellen«, sagte sie nach längerem Zögern.

»Warten wir es einfach ab«, entgegnete Roland gelassen, zog sie an sich und küsste sie.

Wenn das bloß kein böses Erwachen für mein Bruderherz gibt, dachte Felix zur gleichen Zeit, während er in seinen Porsche stieg. Gefühle waren seiner Erfahrung nach die denkbar schlechteste Basis für Geschäftsbeziehungen, weil sie die Wahrnehmungen trübten und sich rasch ändern konnten.

Wenig später rollte der Sportwagen vom Gelände. Felix wollte eben in die Straße einbiegen, als er bei dem alten Kiosk, der schon seit einigen Monaten verwaist gewesen war, eine kleine Versammlung von Firmenangestellten bemerkte. Das Häuschen hatte einen neuen Anstrich erhalten, auf dem Dach wehte ein Wimpel mit der Aufschrift: »Bei Leo«. Davor tummelten sich Leo Waitz, Natalie und Uwe, Paul Wieland, Emma Waitz und noch ein paar andere.

Felix hielt an. Er hatte davon gehört, dass Lkw-Fahrer Leo wegen Alkohol am Steuer für ein halbes Jahr seinen Führerschein verloren hatte. Da aus diesem Grund und wegen einiger Unzuverlässigkeiten, die er sich in letzter Zeit hatte zuschulden kommen lassen, seine Zukunft bei *Althofer* gefährdet war, hatte er sich offenbar entschlossen, selbstständig zu werden. Felix trat zu der ausgelassenen Gesellschaft. »Darf man mitfeiern?«, fragte er.

»Klar!«, lachte Leo und reichte ihm eine Dose Bier.

Felix hob die Dose. »Ich wünsche Ihnen alles Gute zu Ihrem Neustart als Kioskbesitzer, Herr Waitz – sozusagen von Unternehmer zu Unternehmer. Möge dies nur der erste Kiosk von vielen sein!«

Mit einem dumpfen Geräusch stießen die beiden Dosen zusammen. Leo fühlte sich geschmeichelt. Für den Kiosk hatte er sich gegen Emmas Rat das bei

Ewald Kunze angelegte Geld auszahlen lassen. Für ihn war das eine Investition in eine bessere Zukunft. Dass seine Ex-Frau Emma, die es nicht lassen konnte, sich um ihn zu kümmern, das nicht so sehen wollte, war für ihn mal wieder typisch. Sie ließ keine Gelegenheit aus, ihn als Versager abzustempeln. Aber er würde es ihr und allen anderen schon noch zeigen.

Je mehr Leos Gäste dem Alkohol zusprachen, desto ausgelassener wurde die Stimmung. Sogar der ewig griesgrämige Fertigungsleiter Paul Wieland rang sich ein Lächeln ab, als Felix eine Parodie Daniel Kruses zum Besten gab. Die kleine Gesellschaft merkte kaum, wie Wilfried Holzknecht in seiner dunklen Limousine mit rasantem Tempo in die Straße einbog. »Der Herr Doktor hat es aber eilig«, sagte Natalie Sailer nur. Doch dann war das schon wieder vergessen.

Kurze Zeit später kam Frau Schäufele mit verhangenem Blick um die Ecke. Leo lud sie ein, an der Feier teilzunehmen. Sie kam zwar näher, doch offenbar nicht um zu feiern, denn ihre Miene blieb ernst.

»Was ist denn mit Ihnen los, Frau Schäufele?«, fragte Natalie besorgt.

»Die Polizei hat eben angerufen«, berichtete die Sekretärin und rang dabei mit den Tränen. »Frau Michel und Herr Onasch haben einen Unfall gehabt.«

Sogleich trat Stille ein, Frau Schäufele war im Nu umringt.

»Es ist auf einer Landstraße kurz vor der österreichischen Grenze passiert. Sie sind beide …«

»Tot?«, fragte Natalie stimmlos.

Frau Schäufele nickte. Ein Träne rollte über ihre Wange.

»Weiß es Lena schon?«

»Herr Dr. Holzknecht ist eben zu ihr gefahren.«

Lena saß an ihrem Arbeitstisch im Wohnzimmer und verbesserte Daniel Kruses Entwürfe. An den meisten musste kaum etwas gemacht werden, schon kleine Änderungen brachten die eigentliche Idee besser zur Geltung. Wenn Kruse eines Tages endlich begreifen würde, dass weniger oft mehr war, würde vielleicht noch ein großer Modemacher aus ihm werden.

Von Zeit zu Zeit schaute Lena von ihrer Arbeit auf und zu Max hinüber, der auf dem Sofa lag und sie aus Augen voller Liebe und Bewunderung beobachtete. Seine Verehrung machte sie glücklich, aber auch verlegen. Sie lächelte ihn jedes Mal an, um sich gleich wieder der Arbeit zuzuwenden.

Das Läuten der Türglocke beendete die entspannte Stille in der Wohnung. Lena legte den Stift hin und erhob sich. Sie erwartete keinen Besuch und mit Wilfried Holzknecht hatte sie schon gar nicht gerechnet. Er entschuldigte sich für die Störung, seine Miene wurde noch etwas ernster, als er fortfuhr: »Ich wollte es Ihnen lieber persönlich sagen.«

Lena sah ihn unsicher an. Sie konnte sich nicht vorstellen, wovon er sprach. War auf der Hauptversammlung in Frankfurt etwas schief gegangen? »Was ist denn?«, fragte sie bang.

»Es handelt sich um Frau Michel. Sie ist ...« Wilfried hielt inne, die Worte, die Lena tiefes Leid zufügen würden, wollten nicht über seine Lippen. Er räusperte sich, setzte noch mal an: »Sie ist in Herrn Onaschs Taxi tödlich verunglückt.«

Lenas Blick wurde starr. Sie verstand die einzelnen Worte, doch zusammengenommen schienen sie keinen Sinn zu ergeben. Waltraud – tot? Das konnte nicht sein. Schließlich aber brach die innere Abwehr gegen die Todesbotschaft in sich zusammen.

»Waltraud?«, fragte sie mit rauer Kehle.

Holzknecht nickte. »Ja. Beide tot.«

Lena wurde plötzlich schwarz vor Augen, ihre Knie knickten ein. Schon sank sie zur Seite weg. In letzter Sekunde fing Wilfried sie auf. Die Kräfte kehrten wieder, sie stellte sich auf die eigenen Beine. »Danke«, sagte sie, »es geht schon wieder.« Dennoch ließ sie seinen Arm nicht los.

Nun trat auch Max Roemer in den Flur. Er hatte nicht gehört, was Holzknecht gesagt hatte, begriff jedoch sofort, dass etwas sehr Ernstes geschehen sein musste. »Was ist passiert?«, fragte er.

»Die Sekretärin von Frau Czerni ist tödlich verunglückt«, erklärte Holzknecht.

»Sie war meine Freundin«, ergänzte Lena.

Max legte den Arm um sie und führte sie zurück ins Wohnzimmer. Aus dem Flur sah Holzknecht zu, wie sie aufs Sofa sank, Max setzte sich zu ihr und streichelte zärtlich ihre Wangen, ihre Stirn, ihr Haar. Zu gerne wäre Wilfried jetzt an seiner Stelle gewesen. Doch sein Platz war woanders. Nur wo? Leise verließ er die Wohnung.

Auf dem Weg nach unten musste er an Waltraud denken. Er bedauerte es, dass ihre Beziehung zuletzt durch ihre unerfüllte Liebe zu ihm belastet gewesen war. Einen Moment lang fragte er sich, ob es nicht vielleicht besser gewesen wäre, ihr eine Chance zu geben, statt an Lena Czerni zu hängen, die ihn vermutlich nie lieben würde. Doch es war müßig, darüber nachzudenken. Weder die Tatsachen noch die Gefühle ließen sich durch bloße Willensanstrengung verändern.

Wieder auf der Straße, wandte Wilfried Holzknecht sich, ehe er in seinen Wagen stieg, noch einmal um und schaute zu Lenas Fenster hinauf. Ihm wurde die Ausweglosigkeit seiner Lage schmerzhaft bewusst. Solange er Lena liebte, würde er sich für keine andere Frau öffnen können. Lena selbst aber würde, wenn nicht ein Wunder geschah, niemals einen Mann wie ihn lieben. Es war kaum zu glauben. Er, der nüchterne Wilfried Holzknecht, jedem Aberglauben abhold, hoffte tatsächlich auf ein Wunder.

Kleinkrieg

Wilfried Holzknecht wusste nicht, was ihn an der neuen Firmenleitung mehr störte: die Arroganz, mit der man sich über jede kaufmännische Vernunft hinwegsetzte, oder der völlig unbegründete Optimismus, der alle Vorzeichen der drohenden Katastrophe verkannte, wenn nicht sogar in ihr Gegenteil umdeutete. Dass von *Rousseau* niemand bei der Hauptversammlung vor einer Woche aufgetaucht war, hielt man etwa für einen Glücksfall, denn so war Lenas Ausstieg aus der *Fashion Factory* nicht zur Sprache gekommen. Holzknecht indes sah darin einen Hinweis auf kommendes Unheil. *Rousseau* war offensichtlich entschlossen, seine Anteile zu verkaufen, und hütete das Geheimnis um den Abschied der Chefdesignerin nur deshalb so gut, damit der Aktienkurs nicht ins Bodenlose fiel.

Um Birgit und Roland auf diese Gefahr hinzuweisen, war er an diesem Morgen in die Villa gekommen. In einem kurzen Vortrag referierte er die derzeitige Situation. Er sah dabei in zwei fast ausdruckslose Gesichter, in denen sich nur mäßiges Interesse für seine Ausführungen erkennen ließ. Schon möglich, dass er all das nicht zum ersten Mal erzählte. Doch er würde es so lange wiederholen, bis endlich die nötigen Konsequenzen gezogen würden. Roland und Birgit zeigten jedoch auch an diesem Morgen wenig Neigung dazu.

»War's das?«, fragte Birgit am Ende nur, und Roland meinte kopfschüttelnd: »Warum sind Sie nur immer so pessimistisch, Herr Doktor?«

»Zu Optimismus sehe ich leider keinen Anlass«, entgegnete Holzknecht kühl. In seinem Innern rumorte es.

In diesem Moment kam Felix Althofer in Begleitung seiner Lebensgefährtin Inge Fabian herein. Froh, sich den lästigen Kassandrarufen ihres Controllers entziehen zu können, trat Birgit auf die junge Frau zu. Sie sollte heute die Stelle als ihre Sekretärin antreten und dabei auch einen Großteil der Aufgaben der so tragisch ums Leben gekommenen Waltraud Michel übernehmen. Das brachte Dr. Holzknecht auf eine andere Sache, die ihm zu Ohren gekommen war. Er nahm Roland beiseite und sagte: »Wie ich von Herrn Wieland erfahren habe, haben Sie in der Fertigung fünf neue Mitarbeiter eingestellt.«

»Und fünf im Versand in Wasserburg«, ergänzte Roland lächelnd. »Die Engpässe der Vergangenheit können wir uns in Zukunft nicht mehr leisten.« Er hatte sich schon gefragt, wann Holzknecht endlich auf diesen Punkt kommen würde. Der Konflikt um die angemessene Personalstärke schwelte schon seit längerem. Nicht zuletzt um Holzknecht seine Grenzen aufzuzeigen, hatte Roland die Einstellungen eigenmächtig und ohne Rücksprache vorgenommen.

»Sie verstoßen damit gegen jede wirtschaftliche Vernunft«, belehrte Holzknecht ihn nun. Ihre Blicke prallten aufeinander wie Messerklingen. »In der jetzigen Situation ...«

»Nach der Herbstmesse in Düsseldorf wird das ganz anders aussehen«, unterbrach Roland ihn nur nach außen hin ruhig. Er wusste nicht, was ihn mehr ärgerte: Holzknechts Besserwisserei oder dass er selbst letztlich nur ein leitender Angestellter in der Firma war, die er, weil sie seinen Namen trug, noch immer als die seine betrachtete, allen tatsächlichen Besitzverhältnissen zum Trotz. Der Aufstieg in den Vorstand und die Untermauerung seines Machtanspruchs durch den Erwerb eigener Anteile erschien ihm dringender denn je. Er wollte sich in Zukunft weder von einem Dr. Holzknecht abkanzeln lassen noch auf die alleinige Gunst Birgits angewiesen sein.

»Könnt ihr eure Meinungsverschiedenheiten nicht woanders austragen?«, fragte Birgit genervt dazwischen, so, als ginge es bei dem Streit nur um die Eitelkeiten zweier Streithähne und nicht um wesentliche wirtschaftliche Prinzipien. Um sich selbst aus der Schusslinie zu bringen, verschwand sie mit Inge Fabian nach draußen. In einem Nebenraum war ein kleines Büro eingerichtet worden, in dem Birgits und Rolands neue Vorzimmerdame von nun an schalten und walten sollte.

Verärgert über so viel versammelte Ignoranz packte Wilfried seine Unterlagen zusammen. Felix trat an ihn heran. »Kann es sein, dass Sie zu der derzeitigen Geschäftsleitung kein Vertrauen haben?«, fragte er vorwurfsvoll. Roland kam an seine Seite und pflichtete ihm bei: »Das Gefühl hab ich allerdings auch, und zwar schon seit längerem.«

Holzknecht sah die beiden nur kurz an. Hochmut kommt vor dem Fall, dachte er, sagte jedoch ausweichend, um den Streit nicht weiter eskalieren zu lassen: »Mode ist ganz allgemein ein Geschäftsfeld, in dem man auf wenig vertrauen kann. Wir können keine Neueinstellungen auf Verdacht vornehmen. Schließlich sind wir hier nicht in Amerika, wo es nach dem Prinzip hire and fire geht. Aber was rede ich. Sie haben ja schon entschieden.« Er nahm seine Aktentasche, machte einen Schritt zur Tür, blieb aber stehen und sah die beiden an. »Fragt sich nur, was ich dann hier überhaupt noch soll.«

»Eine Frage, die sich in der Tat stellt«, versetzte Roland messerscharf und hob sein Wasserglas an die Lippen. Er trank jedoch nur einen kleinen Schluck.

Felix warf ihm einen gleichermaßen erschrockenen wie auch tadelnden Blick zu. Ihm missfiel Dr. Holzknechts in seinen Augen oft selbstherrliches Auftreten zwar ebenso, aber anders als sein Bruder und Birgit war ihm stets bewusst, auf welch dünnem Eis sie sich bewegten und wie notwendig die fachmännische Kompetenz des Controllers für den Erfolg war.

»Sie werden sich auch in Zukunft meine Meinung anhören müssen, ob es Ihnen passt oder nicht«, erklärte Holzknecht standhaft. »Es gehört zu meinem Job, unliebsame Wahrheiten auszusprechen. Im Übrigen habe ich volle Rückendeckung von Herrn Meyerbeer. Guten Tag, meine Herren!«

Mit großen Schritten verließ er das Zimmer. Roland setzte ein bitteres Lächeln auf. Es war völlig unnötig gewesen, ihn oder irgendjemand sonst an die Tatsache zu erinnern, dass der Herr Controller der verlängerte Arm des alten Meyerbeer war. Zumal Roland das wenig Respekt einflößte, denn August war für ihn nur ein abgehalfterter Brauereibesitzer, der zu lange aus dem aktiven Geschäft war, um etwas von moderner Betriebsführung zu verstehen.

Kaum war Holzknecht draußen, fuhr Felix herum. »Hast du sie noch alle?«, herrschte er seinen Bruder an.

Roland ließ sich auch davon nicht aus der Ruhe bringen. »Tut ihm ganz gut, wenn er merkt, dass nicht alle nach seiner Pfeife tanzen«, entgegnete er zufrieden.

»In diesem Punkt und in vielen anderen hat der Mann aber Recht!«

Roland zuckte nur gleichgültig die Schultern. »Wenn Birgits neues Marketingkonzept greift, brauchen wir –«

»Birgit, Birgit, Birgit!«, fiel ihm Felix aufgebracht ins Wort. »Birgit hat nichts anderes im Kopf, als Lena zu beweisen, dass sie alles besser kann! Du solltest ihr wenigstens ab und zu mal auf die Finger klopfen. Sonst richtet sie uns noch alle zu Grunde mit ihrem übertriebenen Ehrgeiz!«

Roland hatte keine Lust, ausgerechnet mit Felix seine Beziehung zu Birgit zu diskutieren. Mochte sein Bruder glauben, was er wollte, er selbst wusste es besser. Er sah sich keineswegs als Marionette der Frau, der sein Herz gehörte, sondern stand voll und ganz hinter ihrer Strategie. Darüber hinaus verfolgte er beharrlich seine eigenen Ziele. Eines davon war, in den Vorstand zu kommen.

Felix ließ seinen unbelehrbaren Bruder allein. Er musste gleich nach Düsseldorf, um die Messe vorzubereiten, und wollte sich von Inge verabschieden. Er fand sie in ihrem neuen Büro, wo Birgit sie in ihr künftiges Tätigkeitsfeld einführte. Das Ganze dauerte länger als angenommen, denn sie musste der Neuen alles zweimal erklären, bis diese es begriff. Die Verantwortung, die da auf sie zukam, machte Inge stolz, schüchterte sie aber auch ein. Felix sprach ihr Mut zu und küsste sie.

»Du fährst nach Düsseldorf?«, fragte Birgit, auch um das zärtliche Abschiednehmen zwischen den beiden abzukürzen.

Felix löste sich von Inge und nickte. »Ich muss den Stand auf Vordermann bringen und Models testen.«

»Models testen?« Inge war sich nicht ganz klar, auf welche Bereiche sich diese Tests erstrecken würden. Sie kannte ihren Felix und seine Schwäche für hübsche Frauen.

»Keine Bange«, beruhigte er sie lächelnd, »nicht im Bett.«

Inge schien seinen Worten nicht ganz zu vertrauen. Beunruhigt schaute sie ihm nach, bis er durch die Tür verschwunden war. Birgit bemerkte die Ungewissheit auf ihrem Gesicht. »Machen Sie sich keine Gedanken«, versuchte sie ihre neue Sekretärin aufzumuntern. »Er hat in Düsseldorf viel zu viel zu tun, um auf Abwege zu kommen. Außerdem ist er seit seiner Herzgeschichte vorsichtiger geworden.«

Auch das vermochte Inges Zweifel nicht vollkommen zu zerstreuen. Erst heute Morgen hatte sie eine Kostprobe von Felix' Flirtkünsten erhalten. »Sie hätten sehen sollen, wie er vorhin die Kleine in Lena Czernis Boutique angeflirtet hat«, wandte sie darum ein.

Birgit horchte auf. Lena hat eine Boutique eröffnet?, dachte sie. Das ist ja höchst interessant! So wie sie Lena kannte, war eine Boutique nur der Anfang. Wenn sie aber glaubte, sie könne ohne weiteres gegen vertragliche Abmachungen verstoßen, hatte sie sich geschnitten. »Hier kommt Ihre erste Amtshandlung, Frau Fabian«, sagte Birgit. »Verbinden Sie mich mit Rechtsanwalt Jörg Heidenreich.«

Waltrauds Tod lastete noch immer schwer auf Lenas Gemüt. Die Beerdigung in Waltrauds Geburtsstadt Frankfurt, wo ihre Verwandten noch immer lebten, hatte Schmerz und Trauer noch einmal aufgewühlt. Am Grab hatte Lena Waltrauds Mutter kennen gelernt. Die gebrochene Frau, der es nicht erspart geblieben war, ihr einziges Kind zu Grabe tragen zu müssen, hatte sie unter Tränen gebeten, den Nachlass der Verunglückten in Augsburg zu regeln und ihr alle persönlichen Dinge nach Frankfurt zu schicken. Die Wohnungsauflösung hatte Lena gleich nach ihrer Rückkehr hinter sich gebracht, heute fuhr sie in die Firma, um alles, was dort noch von Waltraud lag, abzuholen. Die Schwermut des verregneten Morgens vertrug sich gut mit diesem traurigen Vorhaben.

An der Einfahrt zum Firmengelände fiel ihr sogleich der frisch renovierte Kiosk auf, von dem aus Leo Waitz herüberwinkte. Waltraud hatte ihr noch erzählt, dass Leo seinen Führerschein verloren und Holzknecht ihm nahe gelegt hatte, sich einen neuen Job zu suchen. Ob allerdings eine selbstständige Tätigkeit, die Verantwortungsbewusstsein und Beständigkeit erforderte, für den zur Sprunghaftigkeit neigenden Leo das Richtige war, durfte zumindest bezweifelt werden.

Als Lenas Smart vor der Schranke zum Stehen kam, trat Ewald Kunze ans Wagenfenster und äußerte ein paar Sätze des Bedauerns über Waltrauds tragischen Tod, ehe er schließlich den Schlagbaum hochfuhr. Am Eingang zur *Fashion Factory* traf sie auf Natalie. »Wie war die Beerdigung?«, fragte diese sogleich. Lenas Blässe, in der die dunklen Ränder um die Augen nur umso deutlicher hervortraten, erfüllte sie mit Sorge.

»Schlimm«, entgegnete Lena nur. Sie wollte nicht an die empfindliche Wunde rühren, indem sie sich die traurige Szenerie der Beisetzung neuerlich vor Augen führte.

Die beiden Frauen umarmten sich, dann gingen sie ihrer Wege: Natalie zu Paul Wieland in die Fertigung, Lena in die *Fashion Factory*. Das Gefühl, hierher zurückzukehren, ohne Waltraud anzutreffen, befremdete Lena. Hier wurde ihr erst bewusst, wie sehr sie deren herbe, geradlinige Art, hinter der sich so viel Herzlichkeit und warme Anteilnahme verborgen hatte, vermisste.

Computerspezialist Uwe Lieber half Lena bei der Durchsuchung von Waltrauds früherer Wirkungsstätte. Während sie sämtliche Schubladen und Regale nach persönlichen Dingen absuchte, durchforstete er ihren Computer. Dabei stieß er auf eine Menge nicht abgeschickter E-Mails an Wilfried Holzknecht. Ohne einen Blick darauf geworfen zu haben, bat Lena ihn, sie zu löschen. Während er dies tat, erzählte Uwe ihr von dem Gerücht, das in der Firma umging: dass Bernd Onasch das Taxi absichtlich gegen den Baum gelenkt habe, weil Waltraud sich von ihm habe trennen wollen. Das angebliche Fehlen jeglicher Bremsspuren spreche jedenfalls für diese Annahme.

Lena ging nicht darauf ein. Für sie war auch so schon alles schlimm genug. Stattdessen wandte sie sich an Emma, die in der Tür stand und den beiden zusah, und bat sie, all die Dinge, welche sie zusammengesucht hatte, in einen Karton zu packen und an Waltrauds Mutter zu schicken. »Das hier ist die Adresse«, sagte Lena und reichte ihr einen Zettel.

Nachdem auch Uwe seine Tätigkeit beendet hatte, wandte er sich Lena zu. Die ganze Zeit schon war sie das Gefühl nicht losgeworden, dass er etwas auf dem Herzen hatte. »Chris ist seit gestern aus New York zurück«, rückte er nun vorsichtig mit der Sprache raus. Wie seine Natalie, so hoffte auch er, Lena und sein bester Freund Chris könnten wieder zueinander finden. Lena indes antwortete nicht. Ihr wäre lieber gewesen, wenn ihre Freunde sich nicht in ihr Liebesleben eingemischt hätten. »Meinst du nicht, ihr solltet euch mal aussprechen?«, hakte er angesichts ihres Schweigens nach. »Oder zumindest reinen Tisch machen?«

Lena rollte mit den Augen. »Du weißt genau wie ich, was passiert ist und warum es nicht geklappt hat.«

Uwe wollte noch etwas sagen, kam jedoch nicht dazu, denn Inge betrat das Büro. Birgit hatte sie herübergeschickt, um die Adressenkartei aus Waltrauds Computer zu kopieren. Während Uwe damit begann, das für sie zu machen, wandte Inge sich an Lena. »Felix und ich haben uns heute Morgen kurz in Ihrer Boutique umgesehen«, sagte sie. »Wirklich sehr hübsch.«

»Das ist nicht meine Boutique«, verbesserte Lena rasch. »Angela Materna ist für alles verantwortlich. Ich helfe nur ein wenig aus.«

Inge sah sie erstaunt an. »Wieso hat sich Frau Meyerbeer dann so darüber aufgeregt und gleich mit dem Anwalt telefoniert?«

Gut zu wissen, dachte Lena, wünschte einen schönen Tag und ging zur Tür. Dort drehte sie sich jedoch noch mal zu Inge um. »Darf ich Ihnen einen Rat geben?«, sagte sie lächelnd. »Wenn Sie Ihren Job noch eine Weile behalten wollen, sollten Sie mit Interna aus der Chefetage etwas diskreter umgehen.«

Inge errötete. »Sie gehören doch irgendwie zur Firma«, verteidigte sie sich schwach.

Lena fragte sich, ob sie wirklich so naiv war, wie sie sich gerade gab. Als Felix' Freundin musste sich doch auch schon bis zu ihr herumgesprochen haben, dass die derzeitige Geschäftsleitung in diesem Punkt eine gegensätzliche Auffassung vertrat.

Vor der *Fashion Factory* lief ihr erneut Natalie über den Weg. Sie hatte in der Fertigung Daniel Kruse getroffen und ihm beiläufig berichtet, Lena sei auf dem Gelände. Daraufhin hatte er sie bedrängt, seine Lebensretterin nur ja nicht fortzulassen, ohne sie zu ihm geschickt zu haben. Heute sei die Abnahme seiner Kollektion durch die Geschäftsleitung, und sie würde ihm einen Riesengefallen tun, wenn sie vorher einen Blick auf seine Arbeit werfe, ließ er ihr ausrichten. Lena seufzte, als Natalie ihr seine Worte übermittelte. Sie wollte eigentlich so schnell wie möglich weg, denn diese Umgebung bedrückte sie immer mehr. Doch Natalie ließ es nicht zu. Sie hakte sich bei ihr unter und zog sie mit sanfter Gewalt zurück ins Gebäude.

Schon auf dem Flur ließ sich die Opernarie vernehmen, mittels der sich Daniel Kruse in die richtige kreative Stimmung bringen wollte. Allerdings schien die Methode an diesem Morgen nicht zu wirken. Als

Lena und Natalie sein Atelier betraten, sahen sie ihn, getrieben von tiefen Zweifeln, vor seinem Arbeitstisch auf und ab laufen, wobei er nervös an seinen Fingernägeln kaute. Erst Lenas Anblick vermochte seine von Sorgen verdüsterte Miene aufzuhellen. Er drehte die Musik leise und eilte mit weit ausholenden Schritten auf sie zu. »Sie schickt der Himmel!«, rief er ihr entgegen.

»Das ist aber das letzte Mal«, erklärte Lena. »Wenn das rauskommt, kündigt Ihnen Frau Meyerbeer.«

Kruse fasste sich theatralisch an die Stirn. »Falls ich nicht vorher kündige. Dieser ständige Druck! So kann ich nicht arbeiten! Und von allen Seiten wollen sie einem reinreden!«

Während er noch sprach, blätterte Lena schon die Entwürfe durch. Bei manchen konnte sie nur den Kopf schütteln. Seidenbatist! Was dachte er sich dabei? Wer sollte das bezahlen? Zum Glück war dieser Entwurf ein Ausrutscher, den sie aussortierte. Bei den meisten anderen hatte er ihre Ratschläge und Verbesserungsvorschläge beherzigt. »Die dürften durchgehen«, sagte sie am Ende.

Kruse atmete auf. Wenn Lena ihre Zustimmung gab, würden auch eine Birgit Meyerbeer oder ein Roland Althofer nichts zu mäkeln finden. Sie wünschte ihm viel Glück und verabschiedete sich.

Little stand in einem geschwungenen Neonschriftzug über der Eingangstür der Boutique für Kindermoden. Der Wind stieß die neben dem Eingang angebrachten bunten Windräder immer wieder an.

Vereinzelte Regentropfen prallten gegen die Schaufensterscheiben, hinter denen zwischen den ausgestellten Kleidungsstücken Kabel herabhingen. Lena wollte gerade aus ihrem Wagen steigen, als die Ladentür aufging und Birgit herauskam. Sofort ließ Lena sich wieder auf den Autositz sinken und zog sacht die Tür zu. Birgit musste sich schon sehr vor der kleinen Boutique für Kinderkleidung fürchten, wenn sie ihre kostbare Zeit opferte, um sie höchstpersönlich in Augenschein zu nehmen.

Nachdem Birgit weggefahren war, stieg Lena aus und ging, eine Tüte in der Hand, in den Laden. Hinter der Ladentheke, die sich eine Nähmaschine und eine altmodische Registrierkasse teilten, stand eine offenbar reichlich demoralisierte Angela, die von ihrem Freund Wolfgang getröstet wurde. Als sie Lena erblickte, löste sie sich von ihm und kam auf sie zu. »Frau Meyerbeer war hier!«, teilte sie aufgebracht mit. »Du hast sie nur knapp verpasst.«

Lena reichte Wolfgang die Tüte. Sie war auf dem Rückweg von *Althofer* in einem Baumarkt gewesen, um Lampen und sonstige Dinge für Elektroinstallationen zu besorgen. Wolfgang nahm die Tüte und begab sich damit ins Schaufenster, um seine Arbeit dort fertig zu stellen.

»Frau Meyerbeer wollte wissen, woher wir die Stoffe haben«, sagte Angela unterdessen.

Die stammten in der Tat von *Althofer*. Paul Wieland hatte ihnen Reste, die nicht mehr gebraucht wurden, zu einem günstigen Preis überlassen. Ob Birgit ihnen daraus einen Strick drehen konnte, war fraglich, denn es handelte sich um eine ordnungsgemäße Transaktion. Wenn, dann musste sie Wieland dafür rüffeln, was die Sache für Lena freilich kaum angenehmer machte. Dennoch entschied sie sich, die Angelegenheit erst einmal auf sich beruhen zu lassen und Birgits weitere Aktionen abzuwarten. Sehr viel würde sie sowieso nicht ausrichten können, denn Angela führte den Laden und entwarf die Kinderkleidung. Dass sie dabei zuweilen den einen oder anderen Verbesserungsvorschlag machte, änderte an dieser Tatsache nichts.

»War sonst noch was?«, fragte Lena.

Angela erzählte von einer Kundin, der das Kleid für ihre Tochter so gut gefallen hatte, dass sie sich genau das gleiche für sich selbst wünschte. »Das könnten wir mit mehreren Modellen machen«, sagte Angela. »Der Mutter-und-Kind-Look!« Diese Idee brachte endlich auch wieder ein frohes Lachen auf ihr Gesicht. Und dieses Lachen wurde sogar noch größer, als sie voller Stolz berichtete, dass die halbe Miete für diesen Monat schon verdient sei. Außerdem habe sie eine Näherin gefunden. Die Sorgenwolken, die bei Lenas Ankunft noch ihre Miene verdüstert hatten, hatten sich nun vollkommen zerstreut.

Nachdem Wolfgang seine Installation im Schaufenster erledigt hatte, gesellte er sich zu den beiden Frauen und legte seinen Arm lässig um Angela. Diese bat Lena, den Laden für zwei Stunden zu übernehmen. »Ich brauche unbedingt mal eine Pause«, sagte sie. Lena schaute auf die Uhr. In gut zwei Stunden sollte sie Florian bei Hedda abholen. »Na schön«, stimmte sie zu, »aber sei bitte pünktlich!« Die beiden versprachen es und verschwanden.

Lena wollte sich eben an die Nähmaschine begeben, um an dem Kleidungsstück weiterzunähen, das Angela unfertig zurückgelassen hatte, als ihr Handy klingelte. Ehe sie abnahm, schaute sie auf die Nummer im Display. Es war Chris. Da Uwe ihr bereits erzählt hatte, dass er wieder in der Stadt sei, war sie nicht allzu überrascht. »Hallo, Chris«, begrüßte sie ihn, bemüht, weder zu erfreut noch zu abweisend zu wirken.

»Ich bin wieder aus New York zurück«, sagte er und fügte gleich hinzu: »Können wir uns sehen?«

Lena schwieg. Sie konnte sich vorstellen, worauf ein Treffen hinauslaufen würde. Wann begriff er endlich, dass es vorbei war? Obwohl sie Grund gehabt hätte, Genugtuung zu empfinden, denn schließlich hatte er sie betrogen und damit ihr Vertrauen zerstört, bedauerte sie, dass er sich anscheinend nicht von der Vergangenheit lösen konnte.

»Bitte, Lena!«, drängte er, da sie nichts sagte. »Letztes Mal konnte ich nicht reden, weil dein Banker dabei war. Du musst mir eine Chance geben!«

Lena atmete schwer. »Ich wollte es dir eigentlich nicht am Telefon sagen«, begann sie zögernd.

In diesem Moment ging in ihrem Rücken die Ladentür auf. »Dann sag es mir eben ins Gesicht«, hörte sie Chris' Stimme nun auch hinter sich. Sie wandte sich um. Da stand er in voller Lebensgröße. Ihn zu sehen, brach ihr fast das Herz. Nicht weil sie ihn noch geliebt hätte, sondern weil sie ihn einmal geliebt hatte und ihm nun wehtun musste.

Chris steckte das Handy ein und kam näher. Der Ladentisch blieb als Barriere zwischen ihnen. »Also, was ist?«, fragte er. So ungefähr ahnte er wohl, was sie ihm mitzuteilen hatte.

»Die Sache mit Max ist nun doch ernster geworden, als ich dachte«, sagte sie. »Er hat mir einen Heiratsantrag gemacht.«

Lena sah, wie etwas in seinen Augen brach. Seine Miene verhärtete sich. Obwohl es ihm schwer fiel, bemühte er sich um einen ruhigen Ton, der nichts von seinen wahren Gefühlen, von seinem Schmerz verriet. »Und was war deine Antwort?«, wollte er wissen.

Lena lächelte verlegen. »Du kennst mich doch.«

»Also ein entschiedenes Jein.« Er konnte nicht verhindern, dass ein gewisser Sarkasmus durchdrang. So entschlossen Lena in geschäftlichen Dingen immer gewesen war, in ihrem Privatleben schob sie jede Entscheidung auf die lange Bank. In seinen Augen war es genau das, was auch ihrer beider Liebe zermürbt hatte. Sie schien so lange nach Gründen zu suchen, die gegen eine gemeinsame Zukunft sprachen, bis diese sich aus ihrem, für jeden Mann verunsichernden, Zögern tatsächlich ergaben. Offenbar war sie dabei, diesen Fehler mit ihrem Banker zu wiederholen, was für ihn das einzig Beruhigende an ihren Eröffnungen war.

»Wenn ich weiß, wie mein Leben weitergehen soll«, sagte sie, »dann –«

Chris ließ sie den Satz nicht beenden. »Ich weiß, wie dein Leben weitergehen soll!« Er sah sie eindringlich an.

»Klar«, entgegnete Lena und konnte ein Lachen dabei nicht unterdrücken.

»Mit mir!«, ergänzte er, um nur ja keinen Zweifel an seinen Ansprüchen aufkommen zu lassen. Er ging um den Ladentisch herum und wollte seine Arme um sie legen, wurde jedoch gestört, denn eine Mutter betrat mit ihrem Kind den Laden. Lena wich vor ihm zurück. »Nicht«, sagte sie, »bitte!«

»Was soll ich denn noch machen, Lena?«, fragte er mit einem Anflug von Verzweiflung in der Stimme.

»Nichts. Es ist aus, Chris. Versteh doch ...«

Es fiel ihr nicht leicht, das zu sagen. Doch es gab nur dies zu sagen, sonst nichts. Wie ein Echo glaubte sie einen Teil seines Schmerzes in sich zu fühlen. Dann war aus belebter Gegenwart endgültig versteinerte Vergangenheit geworden.

»Es ist nicht aus«, flüsterte Chris. »Es ist nicht aus.« Er konnte die Realität einfach nicht anerkennen. Mit einer heftigen Bewegung fuhr er herum und verließ den Laden. Bedrückt sah Lena ihm nach. Wieso nur klammerte er sich so an ihr fest?

Hedda hätte eigentlich Grund gehabt, mit sich und ihrem Leben zufrieden sein zu können. Nicht vielen Frauen war das Glück beschieden, in ihrem Alter ein zweites Mal zum Altar geführt zu werden. Dennoch spürte sie in sich eine nagende Unzufriedenheit. Das lag nicht daran, dass August sie eigentlich nicht vor einen Altar, sondern nur in die Amtsstube eines schweizerischen Standesbeamten in Klosters in Graubünden geführt hatte und das auch noch ganz im Geheimen, mit gestellten Trauzeugen und ohne anschließende Feier. Bis heute wusste außer Wilhelm niemand von der schon im Winter erfolgten Vermählung. August hatte darin ohnehin nur einen Verwaltungsakt gesehen, den er freilich als nötig erachtet hatte, um Hedda im Falle seines Ablebens versorgt zu wissen. Kein Grund also, die Sache an die große Hochzeitsglocke zu hängen. Und Hedda war mit dieser Vorgehensweise vollkommen einverstanden gewesen, denn als geschiedene Frau, die viele Wechselfälle des Lebens erfahren hatte, lagen alle romantischen Jungmädchenträume längst hinter ihr.

Nicht trösten konnte sie sich allerdings darüber, dass sie ihren verwaisten Enkel nicht ständig um sich haben konnte. Sie hatte sich zwar mit Lena ausgesöhnt und diese gestattete ihr einen größtmöglichen Umgang; dennoch blieb sie die Oma, die den Jungen irgendwann wieder bei der Ersatzmutter abzuliefern hatte. So, als ob nicht sie mit Florian verwandt wäre, sondern Lena. Wurden dadurch nicht die wahren Verhältnisse auf den Kopf gestellt?

Wilhelm ergriff natürlich Lenas Partei. Das war nicht anders zu erwarten gewesen. Was immer sie gegen Lena vorbrachte – dass sie wegen der neuen Boutique nie zu Hause sei; dass sie wegen ihrer neuen Liebe zu diesem Banker ständig in Frankfurt sei –, verstand er zu entkräften. Die Boutique führe Angela, nicht Lena und in Frankfurt sei sie nur zur Beerdigung von Waltraud Michel gewesen.

»Ach«, seufzte Hedda unzufrieden und wandte ihren Blick dem kleinen Florian zu, der neben ihr genüsslich sein Schokoladeneis löffelte. Die Bedienung kam an den Tisch und fragte, ob alles in Ordnung sei oder noch Wünsche bestünden. »Alles bestens«, sagte Wilhelm.

»Du musst mit ihr reden!«, drängte Hedda ihn erneut. »Es wäre für alle besser, wenn Florian bei mir wäre – auch und gerade für Lena!«

Wilhelm atmete schwer, wurde einer Antwort jedoch enthoben, da Heddas Handy klingelte. Den folgenden Worten Heddas entnahm er, dass sie mit Lena sprach. Das Gespräch dauerte nicht lange. »Siehst du«, sagte Hedda danach, »das war sie. Sie ist in der Boutique und bittet mich, dorthin zu kommen. Angela und ihr Freund hatten eine Autopanne, drum kommt sie nicht weg.«

»Mach, was du willst«, sagte Wilhelm nur, da er seine Ex-Frau gut genug kannte, um zu wissen, dass er ihr ohnehin nichts ausreden konnte. »Aber mach Lena nicht so runter, nur weil du deinen Willen durchsetzen willst!«

Er holte seine Geldbörse hervor, legte einen Geldschein auf den Tisch und verabschiedete sich, denn er war gleich mit August in der Firma verabredet.

Nachdenklich blieb Hedda zurück. Tief in ihrem Innern wusste sie, dass Lena gut für Florian sorgte, weil sie ihn liebte wie ein eigenes Kind. Das konnte und durfte sie ihr nicht absprechen. Sie wünschte, es hätte einen versöhnlichen Weg gegeben, auf dem diese Sache sich in ihrem Sinne regeln ließ.

Entschlossen, wenigstens mit Lena zu reden, verließ sie, Florian an der Hand, das Café. Auf der Autofahrt zur Boutique *Little* durchdachte sie alles wieder und wieder in allen Richtungen. Als sie ihr Ziel schließlich erreicht hatte, ließ sie Florian erst einmal im Wagen und ging alleine in den Laden.

Lena saß an der Nähmaschine und nähte noch immer an dem Teil, das Angela zurückgelassen hatte. Beim Klang der Türglocke schaute sie auf. »Wo ist Florian?«, fragte sie sogleich besorgt, als sie nur Hedda erblickte.

»Im Wagen«, teilte diese mit. »Ich muss mit dir reden, Lena.«

Lena ahnte Schlimmes. Sie unterbrach ihre Arbeit und kam auf Hedda zu. »Ist etwas mit dem Jungen?«, fragte sie.

»Mit mir ist etwas«, entgegnete Hedda bedrückt. »Ich weiß, es klingt verrückt, aber ... ich kann nicht mehr ohne Florian sein. Wenn er nicht bei mir ist, zähle ich die Stunden.«

Lena begriff, worauf sie hinauswollte. Ein heißer Schauder lief durch sie hindurch. Ihre eben noch abwartende, aber durchaus freundliche Miene verhärtete sich. Zu frisch war die Erinnerung an Heddas Versuch, ihr Florian gewaltsam wegzunehmen. Galt die Einigung, die sie danach getroffen hatten, etwa nicht mehr?

Um ihren Wunsch zu untermauern, wollte Hedda schon all das vorbringen, was sie Wilhelm gegenüber vorgebracht hatte, doch sie hielt die Worte zurück und sagte stattdessen: »Du bist noch so jung, Lena. Irgendwann wirst du eigene Kinder haben. Aber ich ... was hab ich schon noch vom Leben zu erwarten?«

»Ich hab es Cornelia auf dem Sterbebett versprochen!«, entgegnete Lena heftig.

»Da stand sie doch unter Medikamenten.«

»Und was ist mit ihrem Testament?«

Dagegen ließ sich schwer etwas sagen. Hedda erkannte, dass Lenas Ansprüche unwiderlegbar waren. »Du könntest Florian sehen, wann immer du willst«, versprach sie.

Lena schüttelte heftig den Kopf. Das Thema war für sie erledigt. In geradezu panischer Angst lief sie aus dem Laden und schaute sich nach Heddas Wagen um. Er parkte nicht weit vom Eingang entfernt. Wenige Schritte nur, und sie war dort. Sie riss die Tür auf und nahm Florian vom Kindersitz. Der Junge freute sich, sie zu sehen, er lachte und seine Hände spielten in ihren blonden Haaren.

Hedda war Lena gefolgt und hatte die beiden nun erreicht. Sie wusste nicht, was sie mehr schmerzte: dass Lena so unnachgiebig war oder die Freude, mit der Florian sie empfing.

Inzwischen hatte Lena sich wieder gefasst. Sie bedauerte, so panisch reagiert zu haben. Heddas Absichten waren ehrenwert, ihre Gefühle nur zu verständlich. Dennoch konnte sie von ihrem Anspruch nicht abgehen. »Tut mir Leid«, sagte sie, nun im Ton versöhnlicher, »aber mir geht es wie dir. Ich kann nicht auf Florian verzichten, er ist die Mitte meines Lebens. Aber wenn du willst, kannst du ihn gerne öfter sehen.«

Tränen schimmerten in Heddas Augen, als sie dem Jungen die roten Wangen streichelte. »Schon gut«, sagte sie mit brüchiger Stimme. »Ich habe wohl eben mehr an mich gedacht als an Florian. Es tut mir Leid.«

Lena nickte ihr versöhnlich zu. Sie wartete neben dem Wagen, bis Hedda eingestiegen und weggefahren war. Obwohl sie nie zugelassen hätte, dass Florian ihr weggenommen wurde, konnte sie Hedda nicht böse sein. Sie wusste nicht, was sie selbst an ihrer Stelle getan hätte.

Wilfried Holzknecht war es langsam leid. Als ob der Ärger mit der neuen Geschäftsleitung nicht schon genügt hätte, gab es nun auch noch Probleme in der Fertigung. Weil bei einer Lage Seidenbatist die Webkante falsch eingestellt war, fiel in der Produktion in Wasserburg mehr Verschnitt an, was die Preiskalkulation über den Haufen warf. Ausgerechnet auch noch der teure Seidenbatist! Paul Wieland machte die M 38 für den Fehler verantwortlich. »Die gehört schon längst auf den Schrottplatz!«, schimpfte er. Das mochte ja sein. Aber wieso hatte man ihm bisher nichts davon gesagt?

Verärgert verließ Holzknecht die Fertigungshalle und ging Richtung Verwaltung. Da sah er August Meyerbeer auf dem Parkplatz aus seinem Wagen steigen. Der kam ihm gerade recht.

»Lässt du dich auch mal wieder blicken«, begrüßte er ihn mürrisch.

Meyerbeer nahm es nicht weiter krumm, konterte aber dennoch: »Wenn du mies drauf bist, verschwinde ich gleich wieder.« Obwohl Wilfrieds Stimmung die gleiche blieb, gingen sie gemeinsam zum Verwaltungsgebäude.

»Ich brauche mehr Befugnisse in der Firma«, verlangte Holzknecht, »sonst läuft mir deine Tochter aus dem Ruder. Ich komme mir hier vor wie das fünfte Rad am Wagen. Ich kann sagen, was ich will, es schert sich keiner darum.« Er erzählte ihm von den Neueinstellungen, die Roland vorgenommen hatte.

August spürte, wie ernst es Wilfried war, denn er gehörte nicht zu denen, die vor einer Herausforderung davonliefen. Wenn er so wie jetzt durchblicken ließ, dass er kurz davor war, das Handtuch zu werfen, dann hatte das auch seinen Grund. »Ich werde das mit Wilhelm bereden«, versprach er. »Ist er schon oben?«

»Sein Wagen steht jedenfalls auf dem Parkplatz.«

Gemeinsam betraten sie das Verwaltungsgebäude.

Nach einer knappen Stunde kamen August und Wilhelm aus dem Gebäude heraus. So gerne er seinen alten Freund hatte, geschäftliche Besprechungen mit ihm fand der alte Meyerbeer mehr als enervierend. Selten rang Wilhelm sich zu einer klaren Stellungnahme durch. Auch heute war das so. Obwohl er großes Verständnis für Holzknechts Beschwerden äußerte, zeigte er keine Neigung, Roland ins Gebet zu nehmen. »Ich hab ihm viel zu lange reingeredet«, erklärte er, »die Folgen hat man ja gesehen. Nein, das ist ein für allemal vorbei.«

Also blieb es wieder an August hängen, den bösen Quertreiber zu spielen. Freilich, wenn er ehrlich war, musste er zugeben, dass er diese Rolle zuweilen gar nicht so ungern spielte. Dennoch stellte er Wilhelm gegenüber klar: »Wenn Wilfried geht, schmeiße ich am nächsten Tag meine Anteile auf den Markt.«

Wilhelm winkte ab. »Das hast du schon so oft gesagt. ›Man soll das Schwert nur ziehen, wenn man Blut sehen kann.‹ Alter Samurai-Spruch.«

August brummte nur ein wenig in sich hinein, dann trennte er sich von Wilhelm. Jetzt kam der alte Althofer ihm also auch noch mit Samurai-Sprüchen! Dabei konnte er selbst keiner Fliege was zu Leide tun. Unglaublich! Während Wilhelm wegfuhr, näherte Meyerbeer sich der Villa.

Statt seiner Tochter traf der alte Patriarch im Konferenzzimmer nur Roland an. Anders als früher, als der junge Althofer der Konfrontation mit seinem damaligen Schwiegervater am liebsten aus dem Weg gegangen war, trat er ihm heute ohne Scheu entgegen und legte sogar eine unübersehbare Gelassenheit an den Tag. »Hat sich der Herr Doktor also an deiner Schulter ausgeweint«, sagte Roland lächelnd, denn nur so konnte er sich Augusts unangemeldeten Besuch erklären.

Dieser ließ die Augen im Raum schweifen, betrachtete das zwar schlichte, aber keineswegs billig aussehende Mobiliar. »Da sieht man wenigstens, wo das

Geld der Anleger bleibt«, meinte er zuletzt und nahm Roland scharf in den Blick. »Ich wünschte nur, ihr würdet beim Umgang mit eurem Controller auch so viel Stil zeigen. Ganz schlechter Stil ist es nämlich, dass ihr ihn euch vom Hals schaffen wollt, nur weil er euch die schlechten Zahlen unter die Nase reibt. Das ist aber sein verdammter Job, Herrgott noch mal!«

Roland ließ sich weder von Augusts inquisitorischem Blick noch der wachsenden Schärfe in seiner Stimme beeindrucken. »Hat dir der Herr Controller auch gesagt, dass wir wegen seiner Sparnummer in Lieferschwierigkeiten geraten werden?«

»Das liegt doch wohl mehr an eurem Stardesigner!« August trat näher. »Mensch, Roland, seien wir doch mal ehrlich. Euer erster Fehler war, Lena Czerni rauszuekeln. Wenn ihr jetzt mit Gewalt versucht, größer zu werden und ohne Rücksicht auf die Kosten die Umsätze hochzutreiben, ist das euer zweiter. So ruiniert ihr die Firma!« Meyerbeer war mit jedem Wort lauter und eindringlicher geworden. Nun schnappte er nach Luft. »Ich brauche einen Schnaps«, sagte er. »Oder passt das nicht mehr zum neuen Stil in der Firma?«

Roland hatte sich die kleine Rede voller Gleichmut angehört. Ebenso ruhig erwiderte er nun: »Der Schnaps schon. Aber dein Führungsstil nicht.« August sah ihn erstaunt an. Widerrede hatte er zwar erwartet, doch nicht diese Gelassenheit. Wenn Roland ihm früher entgegengetreten war, so nur mit Schaum vor dem Mund. Roland bemerkte die Überraschung in Meyerbeers Augen. Sie löste in ihm Gefühle der Befriedigung und der Stärke aus.

»Ich bin nicht mehr der gute Roland von damals, August«, sagte er und kam langsam auf Meyerbeer zu. »Die Zeiten, in denen jeder mit mir Schlitten fahren konnte, wie es ihm gerade passte, sind endgültig vorbei. Ich hab mich damals selbst fast zu Grunde gerichtet. Aber ich bin wieder da.« Er machte eine kurze Pause, schob sich die Brille auf der Nase zurecht, ohne August dabei aus den Augen zu lassen. »Wie mein Großvater und mein Vater, so bin auch ich ein Althofer. Das hier ist meine Firma! Nicht die deine, und auch nicht die von Birgit. Und komm mir nicht mit deinen zweiundzwanzigeinhalb Prozent. Also gewöhn dich lieber daran.« Er klopfte August jovial auf die Schulter. Der indes kam aus dem Staunen kaum heraus. Vor ihm schien tatsächlich ein anderer Roland zu stehen. Einer, dem er die Anerkennung nicht verweigern konnte. »Und jetzt wollen wir mal sehen, ob wir irgendwo einen Schnaps für dich finden«, sagte Roland schließlich und wandte sich um.

Der appetitanregende Duft der Lasagne ließ einem das Wasser im Munde zusammenlaufen. Von der Küche aus verbreitete er sich bis ins Wohnzimmer. Lenas Nervosität indes nahm eher zu als ab, denn ihr Vater würde in einer Viertelstunde da sein und bis dahin konnte noch eine Menge schief gehen. Seit sie das Leben einer Hausfrau und Mutter führte, hatte sie angefangen, verschiedene Gerichte auszuprobieren. Ihr liebstes, weil geduldigstes Versuchskaninchen war Wilhelm, denn im Gegensatz zu Angela oder Natalie wusste der auch seine Kritik stets in ein Kompliment zu verpacken.

Als es an der Tür klingelte, zuckte Lena zusammen. Er ist zu früh, dachte sie. Sie wischte sich an einem Geschirrtuch die Hände ab und ging um zu öffnen. Zu ihrer Überraschung stand jedoch nicht Wilhelm vor ihr, sondern Chris. »Du?« Mehr brachte sie in ihrer Überraschung nicht hervor. Sie hatte nicht gedacht, dass sie ihn nach den deutlichen Worten in der Boutique so bald schon wiedersehen würde.

»Ich musste dich einfach sehen«, erklärte er und schob sich an ihr vorbei in die Wohnung.

Lena folgte ihm. Was wollte er hier? Es war alles gesagt. Jedes weitere Wort würde den Schmerz nur noch vergrößern. Oder war er so naiv zu glauben, sie würde ihren Entschluss revidieren? Abwartend standen sie sich gegenüber. Schließlich wandte sich Lena ab und ging in die Küche. Chris folgte ihr.

Unten im Wagen und eben noch vor der Tür hatte er in seinem Kopf eine lange Rede ausgearbeitet, die sie davon überzeugen sollte, dass er und nur er der Richtige für sie war. Jetzt war alles weg, sein Kopf eine leere Mattscheibe. Sie in ihrem neuen Leben zu sehen, diesem Leben, in dem für ihn kein Platz mehr war, raubte ihm beinahe den Verstand, zumal er sie schöner und begehrenswerter fand denn je. Er musste sich zusammennehmen. Durfte auf keinen Fall die Fassung verlieren.

»Wir gehören zusammen, Lena«, sagte er schließlich. Ein paar Bruchstücke seiner Rede kamen ihm wieder in den Sinn. »Wir sind vom gleichen Schlag: Kreative! Spinner! Träumer! Was willst du mit einem Banker?« Er machte eine abfällige Handbewegung. »So einer hat doch keine Ahnung, wie du tickst.«

Lena atmete schwer. Seine Worte lösten in ihr das Gegenteil dessen aus, was sie sollten. Dabei waren es weniger die Worte selbst, die sie aufbrachten, als vielmehr seine Uneinsichtigkeit. Wieso klammerte er sich derart an etwas, das nun mal der Vergangenheit angehörte? Um ihrer inneren Erregung ein Ventil zu geben, begann sie, eine Paprikaschote klein zu schneiden.

»Ich hab ein Haus für uns gefunden, Lena«, fuhr Chris unterdessen fort. »Es ist gar nicht weit von hier. Eine Scheune ist auch dabei. Darin könnten wir zwei Ateliers einrichten, eines für dich und eines für mich. Wir hätten so viel Platz da draußen.«

Lena warf das Messer hin. »Hör auf! Es ist vorbei! Ich brauche kein Haus und kein Atelier. Ich träume von etwas Einfachem, ganz Gewöhnlichem.« Die Heftigkeit, mit der sie diese Worte vorbrachte, tat ihr im gleichen Moment schon wieder Leid. Tröstend legte sie ihre Hand an seine Wange. »Wir haben uns doch das Leben nur gegenseitig schwer gemacht. Wir haben es versucht, es hat nicht funktioniert, niemand ist schuld. Lass es einfach dabei.«

Chris erkannte, dass er sie nicht umstimmen konnte. Zumindest jetzt nicht. Sie musste erst von diesem Banker enttäuscht werden – und er würde sie enttäuschen, dessen war er sich gewiss –, um zu begreifen, was das Besondere zwischen ihnen beiden gewesen war.

»Wie du meinst«, sagte er nun. »Aber eines musst du mir versprechen. Wenn du aus deinem Traum vom normalen Leben aufwachst, rufst du mich an.«

»Du glaubst nicht daran, was?«

Chris schüttelte den Kopf. »Jede andere, aber nicht du! In dir steckt zu viel, das nach draußen drängt.«

Die Gewissheit, mit der er das sagte, verunsicherte Lena erst. Doch dann schien sie ihr eher ein Beweis dafür zu sein, wie wenig er sie kannte. Er wollte diese neue Lena nicht und deshalb leugnete er, dass es sie gab. Sie würde ihm das Gegenteil beweisen.

Unvermutet küsste Chris Lena auf die Wange. Dann wandte er sich rasch ab und verschwand. Als er die Wohnungstür öffnete, lief er fast in Wilhelm hinein, der gerade klingeln wollte. Ein knapper Gruß nur und er rauschte an ihm vorbei. Er musste weg hier, ehe die Gefühle ihn überwältigten. Wilhelm sah ihm kurz nach, schüttelte den Kopf und ging zu Lena, die ihn erwartete.

»Was hat denn Herr Gellert hier gemacht?«, fragte er.

»Er kann einfach nicht loslassen«, sagte Lena traurig. »Wie war's in der Firma?«

Wilhelm seufzte. Während er in knappen Worten vom Kleinkrieg zwischen Roland und Birgit auf der einen und Holzknecht auf der anderen Seite berichtete, brachte Lena den Wein und goss ihnen beiden ein. »Hat Hedda mit dir gesprochen?«, fragte er schließlich.

Lena zog erstaunt die Brauen hoch. »Mit dir etwa auch?«

Er nickte. »Richtig bearbeitet hat sie mich. Du hast doch hoffentlich Nein gesagt?«

»Natürlich! Aber was machen wir mit ihr?«

»Die beruhigt sich schon wieder.« Er hob sein Glas und lächelte Lena an. Sie war ein besonderer Mensch. Er betrachtete es als ein großes Glück, sie seine Tochter nennen zu dürfen. »Ich trinke auf dich«, sagte er.

»Und ich auf dich«, entgegnete Lena.

Die Gläser klangen zusammen, beide nahmen einen Schluck. Dann sog Wilhelm prüfend die Luft ein. »Du solltest vielleicht mal nach der Lasagne sehen.«

Kidnapping

Mit sorgenvoller Miene betrachtete Birgit das Diagramm auf dem Bildschirm ihres Laptops. Vier Euro hatte die Aktie in drei Tagen verloren. Und sie fiel weiter. Ganz in ihrer Nähe saß Roland und drehte eine halb volle Kaffeetasse in seinen Händen, während seine Augen auf Birgit ruhten. Seine Sorge galt indes weniger dem Aktienkurs. Es war Birgit, die ihn beunruhigte. Sie nahm sich das alles viel zu sehr zu Herzen. Sicher, es ging um viel – aber doch nicht um Leben und Tod!

Nach einer Weile dumpfen Brütens schaute sie endlich auf. »Es gibt nur eine Erklärung«, befand sie. Ihre Stimme klang angespannt. »*Rousseau* stößt seine Anteile ab.«

Roland zuckte nur die Schultern. »Und wenn schon.«

Es klopfte. Im nächsten Moment stand Felix im

Raum. Erstaunt musterte er Birgit am Ende des Konferenztisches, während sie kaum zu ihm aufblickte. Sie trug ein graues Hosenkostüm, das stark einem Herrenanzug ähnelte, auch wenn die breite Krawatte betont locker gebunden war. Felix verkniff sich eine Bemerkung über die unterschwellige Botschaft dieses Outfits, denn sowohl die Dringlichkeit, mit der Roland ihn hierher beordert hatte wie auch die Spannung, die spürbar in der Luft lag, ließen das unangemessen erscheinen.

»Der Aktienkurs?«, fragte er nur. Schon Ewald Kunze, mit dem er an der Pforte ein paar Worte gewechselt hatte, hatte sich beunruhigt über die Entwicklung des Kurses gezeigt. Vier Euro Verlust in drei Tagen. Wie sollte man den Anlegern das erklären, vor allem nach dem angeblich so glanzvollen Jahresabschluss, den Birgit auf der Hauptversammlung präsentiert hatte? Dabei war die Erklärung nahe liegend: Jemand warf massiv Aktien der *ACF* auf den Markt. Auch Felix wusste, dass dafür nur *Rousseau* in Frage kam.

»Der Kurs ist massiv eingebrochen«, gab Birgit mit Verzögerung zurück. Sie hatte den Laptop zugeklappt, so als könne sie damit auch die ungeliebte Wahrheit wegschließen.

»Wie viel kannst du flüssig machen?«, fragte Roland sachlich.

Felix lächelte, denn er durchschaute die Absicht seines Bruders. »Keine fünf Millionen, falls du daran denkst, die *Rousseau*-Anteile aufzukaufen«, versetzte er.

Roland erhob sich und trat an ihn heran. Er kannte seinen Bruder. Man musste ihm nur ein wenig zusetzen, dann machte er auch, was man von ihm verlangte. Zumindest bisher war es immer so gewesen. »Ich kann eine Million aufbringen«, sagte Roland unverdrossen, so als habe er Felix' Worte überhört. »Wenn noch eine weitere von dir dazukommt –«

»Roland!«, unterbrach ihn Birgit missmutig und wandte sich an Felix. »Er macht das nicht, um den Kurs zu stützen«, erklärte sie mit spitzem Unterton. »Er will unbedingt in den Vorstand.«

»Hast du nicht einen Termin?«, fragte Roland gereizt.

Ärger im Paradies?, dachte Felix lächelnd, sagte aber lieber nichts.

Birgit musste tatsächlich fort. Sie wollte sich von ihrem Vater verabschieden, der heute mit Hedda für zwei Wochen an den Bodensee fuhr, und später war sie mit Holzknecht in Wasserburg zu einer ausführlichen Besprechung mit dem dortigen Produktionsleiter verabredet. Die neue Kollektion war endlich in Produktion, doch es gab wie immer eine Menge Probleme auszuräumen. Deshalb begann sie nun, die nötigen Unterlagen in ihre Aktentasche zu packen. »Ich hab nichts dagegen, wenn du im Vorstand bist«, meinte sie nun mit einem Schulterzucken, »aber noch mehr Unfrieden sollten wir im Moment lieber vermeiden. Außerdem wird Vater da nicht mitspielen. Ganz zu schweigen von Holzknecht.«

Die Gleichgültigkeit nahm Felix Birgit nicht ab. Solange Roland, ohne jede eigene Machtbasis, auf ihre Unterstützung angewiesen war, konnte sie ihn leicht für ihre Zwecke einspannen. Besaß er hingegen eigene Anteile, war er ihr sogar überlegen, denn sie war, nachdem sie ihre Beteiligung an *Rousseau* verkauft hatte, allein vom Wohlwollen ihres Vaters abhängig, dessen sie sich freilich ziemlich sicher war. Insofern war Rolands Vorhaben nachvollziehbar. Dennoch hielt Felix es für eine Dummheit, denn er vermutete dahinter als treibende Kraft eine gefährliche Mischung aus Eitelkeit und Selbstüberschätzung. Er jedenfalls hätte in dieser heiklen Phase, in der die Zukunft so ungewiss schien, keinen einzigen Cent in die Firma investiert, geschweige denn eine Million Euro.

Da Roland nicht im Zwist von Birgit scheiden wollte, trat er an sie heran und legte seine Hand in ihren Nacken. »Es geht mir doch nur um die Verwirklichung unserer Ziele«, versicherte er. Sie lächelte ihn versöhnlich an. Seine Zuversicht half ihr immer wieder über ihre inneren Zweifel hinweg, zumindest für kurze Zeit. Er zog sie an sich und küsste sie.

Unterdessen hatte Felix auf Birgits Stuhl Platz genommen, den Laptop wieder aufgeklappt und sich über den aktuellen Stand des Kurses informiert. Er biss sich beim Anblick der Zahl auf die Unterlippe. 22,10 Euro. Und das war bestimmt noch nicht das Ende. Nachdem Birgit gegangen war, trat Roland hinter ihn. »Wenn er bei zwanzig ist, kaufen wir«, sagte er.

»Ich hab nicht Ja gesagt«, widersetzte sich Felix.

Roland sah ihn eindringlich an. »Du musst dir endlich klar werden, wo du stehst. Wenn du immer nur den Trittbrettfahrer spielst, kassieren auch immer nur die andern.«

Zum ersten Mal wurde Felix nachdenklich, denn wenn es ums Kassieren ging, stand er eigentlich nie gerne hinten an. Dennoch mochte er sich für das Vorhaben seines Bruders nur schwer erwärmen. Eigenes Geld in der Firma zu haben, hätte allem plötzlich ganz anderes Gewicht gegeben, im Guten wie im Schlechten. Die Leichtigkeit, die er sich trotz aller Hektik in seinem Leben bewahrt hatte, wäre damit wohl endgültig dahin. »Meine Freiheit ist mir lieber«, erwiderte er. »Und ich muss nicht Vorstand auf meiner Visitenkarte stehen haben.«

»Ich doch auch nicht. Aber wenn ich schon mein Leben in diesen Laden investiere, dann will ich auch das Sagen haben. *Das* ist Freiheit!«

Dem allerdings ließ sich nur schwer etwas entgegenhalten. Felix' anfängliche Sicherheit geriet immer mehr ins Wanken. Er entschloss sich, doch noch mal über einen Aktienkauf nachzudenken.

Im Moment freilich gab es Vordringlicheres. Die Maße der für die Präsentation auf der Messe in Düsseldorf ausgewählten Models mussten an die Näherei in Wasserburg weitergegeben werden. Er bat Inge herein und reichte ihr die Liste mit dem Auftrag, sie nach Wasserburg zu faxen. »Wie Sie wünschen, Herr Althofer«, versetzte sie mit spitzem Ton. Während sie verschwand, sah Roland seinen Bruder erstaunt an. Der hingegen rollte nur mit den Augen und winkte ab. Inge war sauer, weil er sich aus Düsseldorf nicht gemeldet hatte.

Nachdem auch sein Bruder gegangen war, trat Roland nachdenklich ans Fenster und schaute auf das Werksgelände hinaus, wo er Birgit zu ihrem silbergrauen Sportcabrio gehen sah. Obwohl er sie liebte und obwohl er genau wusste, was er ihr zu verdanken hatte, war doch klar, dass ihrer beider Interessen nicht zu 100 Prozent deckungsgleich waren. Was immer sie für Motive haben mochte, stand seine Absicht doch fest: Schon bald sollte hier wieder ein Althofer das Sagen haben, so wie es seit Gründung der Firma immer gewesen war.

Birgit bemerkte nicht, dass Rolands Blicke sie auf dem Weg zum Wagen begleiteten. Dabei dachte auch sie an ihn, als sie vom Hof fuhr. Bisher hatte sie ihn zum einen aus eigenen Machtansprüchen heraus versucht, aus dem Vorstand fern zu halten, zum anderen aber auch, um eine weitere Zuspitzung im Verhältnis zu Dr. Holzknecht zu vermeiden. Wäre es nach ihren Gefühlen gegangen, so wäre sie den unbequemen Controller zwar auch lieber heute als morgen losgeworden, aber ihr war klar, dass sie zumindest vorerst nicht auf ihn verzichten konnten. Abgesehen davon hätte auch ihr Vater einer Auswechslung seines Duzfreundes und Vertrauten nie zugestimmt.

Da Roland von seinem Vorhaben nicht abzubringen war, entschloss sich Birgit, ihn zu unterstützen, zumal sie seinem Aufrücken in den Vorstand ja auch eine positive Seite abgewinnen konnte, denn dadurch würde auch ihre Macht gestärkt.

Als sie vor dem Haus ihres Vaters ankam, sah sie, wie Hedda gerade einen Koffer im Wagen verstaute. Offenbar wollten die beiden gleich los, was sie überraschte, denn August hatte ihr noch am Tag zuvor gesagt, sie würden keinesfalls vor Mittag abfahren. Jetzt aber war es noch nicht einmal zehn Uhr. Das freilich war längst nicht die größte Überraschung. Hedda behauptete nämlich, August habe einer gemeinsamen Schroth-Kur zugestimmt. Birgit lachte. Ihr Vater und eine Diätkur? Undenkbar!

Von Zustimmung konnte in der Tat keine Rede sein, wie Birgit wenig später im Wohnzimmer erfuhr, wo ihr Vater dem kleinen Florian gerade vormachte, wie man auf einer leeren Bierflasche Töne erzeugen konnte. Nachdem Hedda den Jungen geholt hatte, um ihn anzuziehen, ließ August sich grimmig über die bevorstehende Hungerkur aus, zu der er sich nur um des lieben Friedens willen habe breitschlagen lassen. »Aber du bist sicher nicht hier, um dir mein Gejammer anzuhören«, schloss er, denn er hatte gleich gemerkt, dass seine Tochter etwas auf dem Herzen hatte. »Gibt's irgendwelche Probleme? Ich nehme an in der Firma?«

Birgit nickte und wollte schon etwas sagen, doch er streckte ihr abwehrend die Hand entgegen. »Lass mich raten. Es geht um Roland. Er will in den Vorstand.« Birgit machte große Augen. Seit wann hatte ihr Vater hellseherische Fähigkeiten? »War doch klar«, beantwortete er ihre verdutzte Miene, »dass der Herr Althofer nicht lange dein Anhängsel spielen würde.«

»Es ist mehr als das, Vater. Ein Leben lang hat er nur die zweite Geige gespielt und ist beinahe daran zerbrochen. Aber jetzt ist er wieder da. Ich vertraue ihm.«

Ihr Plädoyer beeindruckte Meyerbeer wenig. »Die Anleger sehen das offenbar anders. Hast du heute Morgen den Kurs gesehen?«

Birgit schlug kurz die Augen nieder. »*Rousseau* verkauft«, erklärte sie dann. »Roland will kaufen und Felix vielleicht auch. Und vielleicht kannst du ja auch ...«

Meyerbeer schüttelt rasch und unmissverständlich den Kopf. Seiner Meinung nach hing schon jetzt viel zu viel von seinem Geld in dieser Firma ab. Birgit fasste diese Weigerung als Misstrauensbeweis auf. »Glaubst du, wir schaffen es nicht?«, fragte sie beleidigt.

Ihr Vater zuckte die Schultern. Seiner Tochter hätte er alles zugetraut; den Althofers dagegen wenig. »Man wird sehen«, sagte er diplomatisch. »Nach Wilfrieds Zahlen schreibt ihr im nächsten Quartal jedenfalls Miese.«

Birgit wollte gerade etwas darauf erwidern, als Hedda mit Florian auf dem Arm sie einer Antwort enthob. Sie hatte den Jungen angezogen und ließ wissen, dass sie abfahrbereit waren. »Fährt der Junge etwa mit?«, fragte Birgit und fügte, als ihr Vater bejahte, hinzu: »Lena kümmert sich wohl nicht genug um ihn?« Zu gerne hätte sie das gehört, doch August widersprach vehement: »Quatsch! Aber Hedda ist total vernarrt in den Jungen und will ihn gar nicht mehr hergeben.«

Er nahm die leichte Segeljacke, die über der Sessellehne hing und wollte fort, aber Birgit hielt ihn zurück. »Du hast mir noch nicht gesagt, was du tun wirst, wenn es zu einer Abstimmung kommt«, drängte sie. »Wirst du für Roland stimmen?«

Meyerbeer sah seiner Tochter in die Augen. Er hatte ihr ja noch nie viel abschlagen können. Und seit dem großen Streit über ihre angebliche oder wirkliche lesbische Seite, der fast zu einem völligen Zerwürfnis geführt hatte, versuchte er erst recht, Missstimmungen wenn irgend möglich zu vermeiden. So nickte er auch diesmal, obwohl es ihm innerlich widerstrebte. »Meinetwegen.« Birgit atmete auf. Wenn Roland und Felix kräftig Anteile kauften, kamen sie zusammen mit ihrem Vater vielleicht schon recht nah an die Hälfte; und Wilhelm würde seinem Sohn sicher auch nicht im Wege stehen.

Als die beiden vor die Haustür traten, hatte Hedda Florian längst auf dem Kindersitz festgeschnallt. Nun beugte sie sich in den Kofferraum, um den Reißverschluss einer Tasche aufzuziehen, von der sie offenbar nicht wusste, was sie enthielt. »Oh, mein Gott!«, entfuhr es August. In nur wenigen Sekunden wechselte seine Gesichtsfarbe zweimal. Erst wurde er blass, dann feuerrot. Im nächsten Moment erfuhr Birgit, warum. »Was, bitteschön, ist das?«, rief Hedda aus und sah ihren Mann in einer Mischung aus Vorwurf und Enttäuschung an. Birgit konnte sich ein Schmunzeln nicht verkneifen, als auch sie sah, was die Tasche enthielt: Sie war voller Wurst, Schinken und Käse; auch ein paar Flaschen Bier und ein Fläschchen Obstler streckten die Hälse heraus.

»Von irgendwas muss ich in den nächsten zwei Wochen doch leben«, verteidigte sich August. Hedda indes stellte die Tasche demonstrativ auf die Straße. »Fahren wir!«, befahl sie im Ton eines beleidigten Feldwebels.

Leicht fiel Wilfried Holzknecht die Entscheidung nicht. Immerhin verstieß er damit gegen Lenas ausdrücklichen Willen. Aber sollte er tatenlos zusehen, wie sie und Florian alles verloren? Dass sie ihm diesen eigenmächtigen Schritt vielleicht nie verzeihen würde, wenn sie erst davon erfuhr, nahm er billigend in Kauf. Mit der Gewissheit, das Richtige zu tun, betrat er die Bank und legte seine von Lena unterschriebene Vollmacht, die ihm das Verfügungsrecht über ihre und Florians Aktien einräumte, auf den Tresen. »Verkaufen«, sagte er knapp. »Alles.«

Mit einem merkwürdigen Gefühl kehrte er in die Firma zurück. Die meiste Zeit seines Lebens hatte er Anweisungen ausgeführt. Nur innerhalb eines ihm gesteckten Rahmens hatte er Entscheidungen nach eigenem Ermessen und ohne Rücksprache gefällt. Diesmal hatte er sich zum ersten Mal über den erklärten Willen eines Menschen hinweggesetzt, wenn auch zu dessen Bestem. Er empfand keine Reue. Im Gegenteil. Er fühlte sich so gut wie selten zuvor.

Lange hatte er sich, gedankenlos in seinen Terminkalender kritzelnd, diesem Gefühl hingegeben, als Frau Schäufele ihm mitteilte, Lena Czerni wolle zu ihm. Er ließ bitten.

Sein Herzschlag beschleunigte sich, als sie hereintrat. Er behielt ihre Hand wieder einmal ein wenig länger in der seinen, als es dem Verhältnis, in dem sie zueinander standen, entsprochen hätte. Dann bat er sie in die Besucherecke, wo sie auf schwarzen Ledermöbeln Platz nahmen.

Lena hielt sich nicht mit langen Vorreden auf, sondern zog ein Schreiben hervor, das sie am Tag zuvor erhalten hatte. Holzknecht erkannte den Briefkopf des Firmenanwalts Jörg Heidenreich sofort wieder.

»Frau Meyerbeer will mir verbieten, eine Boutique zu führen«, erklärte Lena, während er die Zeilen überflog, »überhaupt Mode zu machen und zu verkaufen. Aber erstens gehört die Boutique nicht mir, sondern Angela Materna; ich bin nur stille Teilhaberin. Zweitens geht es um Kindermode, die weder *Althofer* noch die *Fashion Factory* im Angebot haben. Der angebliche Verstoß gegen das einjährige Konkurrenzverbot in meinem Vertrag, auf das sie sich beruft, ist damit doch gar nicht gegeben.«

Holzknecht nickte nur. Das war mal wieder einer dieser Winkelzüge von Birgit Meyerbeer, die zeigten, worum es ihr wirklich ging: Lena zu demütigen. Als ob die Firma zurzeit keine gewichtigeren Probleme gehabt hätte. »Ich kümmere mich drum«, versicherte er und legte den Brief auf den Glastisch zwischen ihnen.

Lena atmete erleichtert auf. Sie hatte keine Lust, wegen einer solchen Lappalie einen Rechtsstreit vom Zaun zu brechen. »Wie läuft das Geschäft so?«, fragte sie nun.

Holzknecht berichtete ihr von den Querelen und

vom Verfall des Kurses, der auf massive Verkäufe *Rousseaus* schließen lasse. »Da wir auch noch die Kreditzusage von der Direktbank verloren haben«, schloss er, »haben wir auch kein Geld mehr in der Kriegskasse.«

Lena glaubte etwas wie Mutlosigkeit und Zermürbung aus ihm sprechen zu hören. »Ich könnte mit Max Roemer reden«, bot sie an. »Ich sehe ihn nachher noch.«

Wilfried sah sie erstaunt an. »Herr Roemer ist nicht mehr bei der Bank«, sagte er. »Er übernimmt einen Posten bei der Weltbank in New York.«

Lenas Herz setzte einen Schlag lang aus. Was hatte das zu bedeuten? New York. Wenn das stimmte, wieso wusste sie nichts davon? Sie konnte nicht glauben, dass Max ihr so etwas nicht erzählt hätte. Es musste sich um einen Irrtum handeln.

Da Holzknecht den Zweifel in ihrem Gesicht las, erhob er sich und suchte den jüngsten, erst vor wenigen Tagen eingegangenen *Banker Newsletter* heraus, in dem die personelle Veränderung in der Direktbank angezeigt wurde. »Max Roemer«, las er vor, »ist ab dem ersten Januar zuständiger Commissioner für Entwicklungsländer bei der Weltbank in New York.«

Lena war ebenfalls aufgestanden. Sie nahm den Newsletter, las das eben Gehörte noch einmal selbst und trat ans Fenster. Sie begriff nicht, wie das möglich war. Einerseits machte Max ihr einen Heiratsantrag. Das war gerade mal ein paar Wochen her. Doch eine so wichtige Entscheidung traf er ganz für sich allein, so, als ob die Meinung der Frau, mit der er angeblich sein Leben teilen wollte, keine Rolle spielte. Was sollte sie davon halten? Wer sollte das verstehen?

»Ich wusste ja nicht ...«, sagte Holzknecht peinlich berührt in ihrem Rücken.

Sie wandte sich zu ihm um und rang sich ein Lächeln ab. »Schon gut. Ich muss los und Florian bei Hedda abholen.« Sie ging zur Besucherecke, um ihre Handtasche zu holen.

»Sind die nicht am Bodensee?«, fragte Holzknecht.

»Erst heute Nachmittag«, teilte Lena mit.

»Meines Wissens sind die schon auf dem Weg. August muss vor einer Stunde von unterwegs angerufen haben. Das hat Frau Schäufele mir zumindest erzählt. Ich selbst war gerade nicht im Büro.«

Verdutzt stand Lena da. Das war unmöglich! Es musste sich um einen Irrtum handeln. Sie hatte doch früh am Morgen selbst mit Hedda telefoniert und vereinbart, dass sie Florian um ein Uhr abholen würde. Jetzt aber war es noch nicht einmal zwölf.

Gemeinsam mit Holzknecht trat Lena ins Vorzimmer. »Stimmt es, dass Meyerbeers schon zum Bodensee unterwegs sind?«, fragte sie nervös.

»Ja«, entgegnete Frau Schäufele. »Hat Herr Meyerbeer jedenfalls gesagt.«

»Das gibt's doch nicht!«, stieß Lena fassungslos aus. Was war denn heute mit allen Leuten los? Wieso machte jeder, was er wollte? Und hinter ihrem Rücken? Kopfschüttelnd und ohne ein weiteres Wort verließ sie das Büro.

Holzknecht kehrte nachdenklich in sein Büro zurück. Wie würde sie sich fühlen, wenn er ihr auch noch erzählte, dass er die Anteile verkauft hatte? Er entschied sich, damit noch ein wenig zu warten.

Kaum hatte er sich hinter seinen Schreibtisch gesetzt, da klingelte das Telefon. Meyerbeer war am Apparat. »Gerade war von euch die Rede«, sagte Holzknecht. Doch August ging nicht darauf ein, sondern bat ihn nur, Platz zu nehmen, denn was er ihm zu berichten habe, werde ihn umhauen. »Jetzt mach's nicht so spannend«, drängte Wilfried, dessen Bedarf an unliebsamen Überraschungen nach seinen Erfahrungen mit Roland und Birgit eigentlich gedeckt war.

»Meine Tochter hat mir vorhin eröffnet, dass sie Roland in den Vorstand hebeln will«, teilte August mit.

Das verschlug sogar Holzknecht, den so leicht nichts umwarf, im ersten Moment die Sprache. »Das ist ein Scherz, oder?«, brachte er schließlich mit schwacher Stimme hervor.

»So viel verändert sich dadurch auch wieder nicht«, beschwichtigte Meyerbeer. »So wie die beiden zueinander stehen, macht doch schon jetzt der eine, was der andere sagt. Da kann Roland ruhig auch amtlich den starken Mann mimen.«

»Einen kleinen Unterschied gibt es da schon«, widersprach Holzknecht, der den ersten Schock allmählich verdaut hatte. »Zurzeit ist er mir noch gleichgestellt. Im Vorstand kann er mit mir machen, was er will.«

»An mir kommt er nicht vorbei! Und du bist mein Mann in dem Laden, das weiß er, und das wird er auch zukünftig respektieren müssen.«

Was Wilfried die ganze Zeit schon dunkel aus den Worten seines Freundes herausgehört zu haben glaubte, verdichtete sich mit jedem Wort immer weiter. »Soll das heißen, du stimmst dafür?«, sprach er seinen Verdacht nun offen aus.

»Ich muss«, verteidigte sich August, wenn auch mit einem schlechten Gewissen. Ihm war klar, dass er seinem Mann in der Firma damit in den Rücken fiel. »Um des Familienfriedens willen. Und man sollte Roland vielleicht wirklich eine Chance geben.«

Lange blieb ihm Holzknecht die Antwort schuldig und ließ nur schwere Atemzüge vernehmen. Den Hörer am Ohr stand er auf und trat ans Fenster. Unten im Hof sah er Lena gerade noch um die Ecke einer Halle verschwinden, hinter der der Eingang zur *Fashion Factory* lag. Nur ihr zuliebe war er geblieben. Solange er etwas für sie tun konnte, nahm er den Ärger, den es kostete, gerne in Kauf. Eine Entwicklung, wie August sie ankündigte, veränderte jedoch alles. Es brauchte nicht viel Fantasie, um sich vorzustellen, wie Roland Althofer auftrumpfen würde, wenn er erst einmal das Sagen hatte. Wilfried hatte nicht vor, bis zur völligen Selbsterniedrigung zu gehen, schon gar nicht, wenn er auf verlorenem Posten kämpfte. »Darüber muss ich erst nachdenken«, sagte er schließlich.

»Nachdenken?«, wiederholte August. »Was soll das heißen?«

»Ruf mich morgen wieder an«, entgegnete Holzknecht nur. Er wollte schon auflegen, aber dann fiel ihm noch etwas ein. »Habt ihr eigentlich den Jungen mitgenommen?«, fragte er. »Frau Czerni war eben hier und ist aus allen Wolken gefallen, als sie erfuhr, dass ihr schon unterwegs seid.«

»Soll das etwa heißen, das war nicht mit ihr abgesprochen?«

Holzknecht hörte, wie August Hedda danach fragte. So, wie es aussah, hatte sie den kleinen Florian einfach gekidnappt. »Lena hätte es bestimmt erlaubt«, versuchte sie sich zu verteidigen. Lena hätte es nicht erlaubt, dachte Holzknecht. Sonst hätte Hedda sie ja ohne weiteres fragen können. Deshalb hatte ja auch er sie nicht gefragt, ob er die Aktien verkaufen dürfe. Sie hätte es ihm nie erlaubt. »Ich ruf dich morgen an«, sagte August und legte auf.

Wilfried wollte schon an seinen Schreibtisch zurückkehren, als er Lena noch einmal bemerkte. Sie tauchte dort, wo sie eben verschwunden war, zusammen mit Natalie Sailer wieder auf. Offenbar gingen die beiden zum Pausenplatz an dem kleinen Kanal. Er konnte sich vorstellen, dass es viel zu bereden gab.

»New York?«, fragte Natalie ungläubig.

»Zur Weltbank«, fügte Lena hinzu. »Du kannst dir vorstellen, wie überrascht ich war.« Und sie hatte den Schreck noch immer nicht ganz verdaut.

Die beiden hatten den Pausenplatz erreicht und kletterten auf ein Mauerstück, so wie sie es auch früher immer getan hatten, als sie beide noch Näherinnen in Emmas Atelier gewesen waren. Vieles hatte sich seitdem verändert. Nur ihre Freundschaft nicht. Hinter ihnen zog träge das Wasser des Kanals vorbei.

»Du gehst doch hoffentlich nicht mit?«, sagte Natalie, während sie ihr belegtes Brot auspackte. Dass Lena nicht antwortete, gab ihr Anlass zu Beunruhigung, weshalb sie hinzufügte: »Du darfst nicht gehen, Lena! Dann sehen wir uns ja überhaupt nicht mehr! Außer ich komme als dein Au-pair mit!« Sie zwinkerte der Freundin aus ihren dunklen Augen zu.

»Spitzenidee!«, lachte Lena.

Natalie bot ihr die Hälfte ihres Brotes an, doch Lena lehnte ab. Sie hätte jetzt keinen Bissen runtergebracht, zu vieles lag ihr auf der Seele. Sie erzählte nun von Hedda, die Florian eigenmächtig mit in einen zweiwöchigen Urlaub genommen hatte. »Dabei ist er eh dauernd bei ihr!«

»Na, der würde ich was erzählen!« Natalie machte ein entschlossenes Gesicht, während ihr Mund an einem Bissen des belegten Brotes kaute.

Die beiden Freundinnen verfielen wieder in Schweigen. Während sie aß, betrachtete Natalie Lena, wie diese nachdenklich vor sich hin schaute. »Du liebst Max sehr, nicht wahr?«, sagte sie schließlich, ehe sie erneut von ihrem Pausenbrot abbiss.

Lena zuckte die Schultern. »Glaub schon.« Bis eben in Holzknechts Büro war sie sich sicher gewesen. Aber jetzt? Wie es schien, gab es einiges, was sie von Max Roemer nicht wusste; und wohl auch gar nicht wissen sollte. Wie konnte sie sich da seiner Liebe gewiss sein? Und wie ihrer eigenen?

»Du glaubst es nur?« Natalie wirkte bestürzt. Was war das nur immer mit Lena und den Männern? Bis sie sich mal für einen entscheiden konnte, war auf beiden Seiten so viel zu Bruch gegangen, dass sich nichts mehr kitten ließ.

»Er hat mir einen Heiratsantrag gemacht«, erzählte Lena nun. Natalies Augen wurden immer größer. »Ich hab gesagt, er soll mir noch etwas Zeit lassen. Glaubst du, er hat aus Enttäuschung darüber diesen Job am anderen Ende der Erde angenommen?«

»Da wäre er schön blöd.«

Die ungetrübte Zweisamkeit der beiden Freundinnen wurde gestört, denn Natalies Herzblatt Uwe bog um die Ecke und hielt auf sie beide zu. Lena wollte gehen, doch er bat sie zu bleiben. »Ich werde hier kündigen«, teilte er unvermittelt mit, »und wieder bei Chris einsteigen.« Zornesfalten traten auf Natalies Stirn. Dieses Thema hatte schon manchen Streit zwischen ihnen beiden verursacht. Sie hatte ihn angefleht zu bleiben, aber so lieb Uwe sein konnte, manchmal war er auch ein unglaublicher Dickschädel. Ihr war unverständlich, wie er das ruhige Leben, das sie trotz aller Schwierigkeiten immer noch bei *Althofer* hatten, gegen eine unsichere, hektische Zukunft als Chris' Mädchen für alles eintauschen wollte.

Lena wusste natürlich, was es für die Firma bedeutete, wenn Uwe wegging. Ein Computerfachmann mit seiner Qualifikation und Erfahrung im Modebereich war kaum zu ersetzen. Doch Uwe zeigte sich entschlossen. Das schlechte Arbeitsklima machte ihm den Abschied leicht. »Wenn du noch hier wärst, wäre es was anderes«, schloss er. Was erst einmal wie ein Kompliment aussah, war eigentlich ein versteckter Vorwurf.

Lena schaute auf die Uhr. Sie musste langsam los, denn sie hatte Angela versprochen, ihr später bei der Buchführung zu helfen, und vorher war sie mit Wilhelm in einem Café verabredet. Der würde Augen machen, wenn sie ohne Florian ankam. Sie verabschiedete sich von den beiden Freunden und machte sich auf den Weg.

Als sie in ihrem Wagen das Gelände verlassen wollte, kam Ewald Kunze sichtlich beunruhigt an ihr Wagenfenster. Der Kursverfall der Aktie bereitete ihm schweres Kopfzerbrechen, denn er fragte sich, ob er nicht doch verkaufen sollte. Lena ermutigte ihn, die Aktien zu halten. »Ich verkaufe auch nicht«, versicherte sie. Sie konnte ja nicht wissen, dass sie seit mehreren Stunden schon keine Aktien mehr besaß.

Als sie im Café am Rathausplatz eintraf, wurde sie von Wilhelm schon erwartet. Obwohl es erst früher Nachmittag war, hatte der alte Herr sich schon einen Wein gegönnt. Lena bestellte einen Milchkaffee. Dann erzählte sie von Heddas eigenmächtigem Handeln und bemühte sich dabei, gefasst zu bleiben, obwohl sie innerlich kochte.

»Diese Frau!«, entfuhr es Wilhelm verärgert. Die geballte Faust fiel auf den Kaffeehaustisch herab. Wann würde Hedda endlich aufhören, immer nur an sich zu denken. Vermutlich nie, wurde er sich resignierend bewusst.

»Was soll ich nur machen?«, fragte Lena hilflos. »Am liebsten würde ich hinfahren und Florian holen.«

»Wenn du willst, begleite ich dich«, bot Wilhelm an.

Doch Lena winkte ab. Ernsthafte Sorgen um Florian musste sie sich ja nicht machen, er war bei seiner Oma gut aufgehoben. Außerdem hatte sie keine Zeit, denn sie war am Abend mit Max verabredet, und diese Verabredung hätte sie ungern abgesagt nach dem, was sie heute erfahren hatte.

»Roland war heute bei mir«, erzählte Wilhelm nach kurzem beiderseitigen Schweigen. »Er will in den Vorstand und hat mich gebeten, ihn dabei zu unterstützen.«

Lena seufzte. Sie wusste, was das für Holzknechts Stellung in der Firma bedeuten würde. Schon aus Gründen des Stolzes würde er kaum umhin kommen zu kündigen. Wer aber sollte dann die ökonomische Vernunft in der Firma vertreten? Wer würde Roland und Birgit ins Gewissen reden? Und nicht zuletzt: Wer sollte ihre und Florians Interessen vertreten? Sie selbst hatte jedenfalls keine Lust, den Kampf mit Birgit wieder an vorderster Front zu führen.

»Wirst du für Roland stimmen?«, fragte sie, obwohl sie die Antwort ahnte.

Wilhelm nickte. »Er ist mein Sohn«, erklärte er.

»Natürlich. Du musst dich dafür nicht rechtfertigen. Bei mir schon gar nicht.«

Lena kramte ihr Handy aus ihrer Handtasche. Sie

musste jetzt unbedingt mit Holzknecht sprechen. Zuerst versuchte sie es in seinem Büro, erfuhr von Frau Schäufele jedoch, dass er sich den Nachmittag überraschend freigenommen habe und unauffindbar sei. »Sogar sein Handy hat er abgeschaltet.« Damit gab es für Lena keinen Zweifel mehr, dass er von Rolands unaufhaltsamem Aufstieg bereits wusste. Hoffentlich macht er jetzt nichts Unüberlegtes, dachte sie beunruhigt.

Die friedliche Ruhe des Parks färbte allmählich auf Wilfried ab. Von Ferne drang das Rufen der Kinder auf dem Spielplatz zu ihm herüber; zuweilen sah er ein Eichhörnchen durch das Gras laufen, geschwind einen Baumstamm hinaufklettern, um schließlich im schützenden Blattwerk unterzutauchen. Nichts hier wusste von den Querelen bei *Althofer*. Für die Welt hier draußen gab es sie schlichtweg nicht. Nur hier, inmitten der wohltuenden Gleichgültigkeit der ihn umgebenden Dinge, vermochte Wilfried seine Gedanken, die nach Augusts Anruf wild durcheinander gefallen waren wie die Karten eines einstürzenden Kartenhauses, endlich zu ordnen. Dass er eigentlich mit Birgit in Wasserburg verabredet war, kümmerte ihn dabei wenig.

Rolands Aufstieg in den Vorstand erschien Holzknecht wie ein Menetekel des kommenden Niedergangs der Firma; dass August ihn wider besseres Wissen unterstützte, machte den Vorgang allerdings erst so unerträglich. Wann würde er ihm, der angeblich sein Mann in der Firma war, als Nächstes in den Rücken fallen? Wie immer Wilfried es auch drehte und wendete, der Schluss blieb stets der gleiche: Seiner Arbeit in der Firma war nun auch die letzte Grundlage entzogen. Die Konsequenz, die es daraus zu ziehen galt, ergab sich mit gnadenloser Folgerichtigkeit.

Dennoch fiel es Holzknecht schwer, sich zu diesem Schritt durchzuringen, zumindest solange er nicht mit Lena gesprochen hatte. Er musste ihr sagen, dass er die Anteile verkauft hatte, seine Gründe erklären und dann – was dann? Für immer aus ihrem Leben verschwinden?

Nachdenklich verließ Holzknecht den Park. Die Spannung in seinem Innern nahm zu. Am besten, ich bringe es gleich hinter mich, dachte er. Doch kaum im Wagen – er hatte das Handy schon in der Hand, um sie anzurufen – kamen ihm erneut Zweifel. Nein, eigentlich keine Zweifel. Irgendwann würde er ihr die Wahrheit sagen müssen. Er fand nur die Vorstellung unerträglich, nach diesem Gespräch vielleicht nichts mehr mit ihr zu tun zu haben. Daraufhin steckte er das Telefon wieder weg.

Dennoch zog es ihn zu Lena. Er war in die Stadt gefahren, hatte eine Kleinigkeit gegessen, war herumspaziert, um sich unversehens in der Nähe ihrer Wohnung zu finden. Die Haustür war zu. Kurzentschlossen drückte er auf den Klingelknopf. Keine Reaktion. Sie war offenbar nicht zu Hause. Vielleicht ist sie in Angela Maternas Boutique, dachte er. Es waren nur ein paar Minuten Fußweg bis dorthin.

Doch auch in der Boutique *Little* fand er sie nicht.

Nur Angela saß an einem Tisch hinter dem Verkaufstresen, über Rechnungen und Belegen sitzend, mit unzufriedener Miene. »Wird höchste Zeit, dass du kommst«, murrte sie, ohne aufzublicken. »Nicht gerade nett von dir, mich mit dem ganzen Papierkram alleine zu lassen.«

Holzknecht räusperte sich. Erst da schaute Angela auf. Ein verlegenes Lächeln trat auf ihr Gesicht. »Ich dachte, Sie wären Lena.«

»Kommt sie noch?«, fragte Wilfried.

»Das will ich hoffen. Sie hat versprochen, mir bei der Buchführung zu helfen.«

Um sich das Warten zu verkürzen, bot er ihr seine Hilfe an.

Nach etwas mehr als einer Stunde schneite Lena endlich herein. Während sich Holzknechts Miene etwas aufhellte, verdüsterte sich die Angelas. Als Lena sie dann auch noch wissen ließ, dass sie nur gekommen sei, um ihr abzusagen, wurde ihre Stimmung ganz und gar nicht besser. Lena war unverkennbar in Eile, auch für Wilfried hatte sie nur unter der Bedingung Zeit, dass er sie an ihren Bestimmungsort brachte: ein Hotel in Augsburg.

Wilfried und Lena verließen die Boutique. Doch ehe er ein Wort äußern konnte, sagte sie schon: »Sie sind wegen Roland hier, oder?«

»Dann wissen Sie Bescheid?«

»Wilhelm hat mir alles erzählt. Er wird Roland seine Stimme geben.«

Holzknechts Mundwinkel sanken noch weiter nach unten. Offenbar war beiden Herren im Aufsichtsrat die Zukunft der Firma egal, solange sie nur in Frieden mit ihren Kindern leben konnten. Und er sollte die Kastanien aus dem Feuer holen und sich mit allen anlegen.

»Ich weiß, das ist ein harter Schlag für Sie«, setzte Lena zu einem Beschwichtigungsversuch an, doch Holzknecht ließ sie nicht weiterreden. »Auch Ihnen scheint die Tragweite dieser Entscheidung nicht bewusst zu sein«, fiel er ihr ins Wort.

»Roland hat sich verändert. Er ist nicht mehr so verbissen wie früher, sondern viel gelassener.«

Holzknecht zuckte nur mit den Schultern. Dass nun auch noch Lena Rolands Partei ergriff, war vielleicht die größte Enttäuschung. War wirklich er der Einzige, der sah, wohin das Unternehmen steuerte? »Roland Althofer und Birgit Meyerbeer werden die Firma gnadenlos in die roten Zahlen treiben«, sagte er. »Ich will nicht zusehen müssen, wie alles –«

Lena war stehen geblieben und hatte die Hand auf seinen Arm gelegt. Die Berührung kam so unerwartet und war so freundschaftlich, dass er innehielt und den Satz nicht zu Ende sprach.

»Wollen Sie nicht die Messe abwarten, ehe Sie mit den beiden so hart ins Gericht gehen?«, fragte sie. Der innige Blick aus ihren wundervollen blauen Augen stimmte ihn milder, auch wenn er ihn nicht von seiner Meinung abbrachte.

»Haben Sie das Konzept für die Werbekampagne gesehen?«, fragte er. »Viel zu teuer! Aber schlimmer noch: Es wird unsere bisherigen Kunden nicht erreichen. Und selbst wenn, der Gewinn ist so gut wie weg. Der Stand in Düsseldorf kostet auch viel zu viel.«

Lena hörte es mit Sorge. Offenbar glaubten Roland und Birgit, die Schwächen in der Kollektion durch gesteigerte Marketinganstrengungen wettmachen zu müssen. Doch wenn der Rauch hitziger Kampagnen sich gelegt hatte und die Ware wie mit Blei beschwert in den Läden hing, würde es unweigerlich ein böses Erwachen geben. Sie konnte Holzknechts Pessimismus verstehen. Dennoch, fand sie, sollte er den beiden eine Chance geben. Vielleicht ging ihr Konzept ja doch auf.

»Was sagt eigentlich August Meyerbeer dazu?«, fragte sie.

»Er ist Wachs in den Händen seiner Tochter«, entgegnete Wilfried süffisant.

Lena beneidete ihn nicht. Wenn er gegangen wäre, hätte sie es nur zu gut verstanden. Andererseits hoffte sie, dass er blieb. Denn auch wenn Birgit ihr das nicht abnahm, der Erfolg der Firma lag ihr am Herzen. Sie war sogar bereit, den letzten Trumpf zu spielen, den sie hatte, um ihn zu halten. Dass Wilfrieds Loyalität nicht nur Freundschaft und Bewunderung, sondern einem weit tieferen Gefühl entsprang, war ihr dunkel bewusst. »Ich brauche Sie in der Firma«, appellierte sie nun an seine tiefsten Gefühle. »Bleiben Sie mir zuliebe! Es muss doch möglich sein, sich mit Roland und Birgit zu arrangieren.«

Er schüttelte den Kopf. »Ich bin den beiden ein Dorn im Auge. Ich habe es bei *Althofer* nur Ihnen zuliebe so lange ausgehalten. Aber jetzt …«

»Bitte warten Sie bis nach der Messe!«, beschwor sie ihn.

Wilfried sah sie einen Moment lang schweigend an. Schließlich nickte er. Dankbar drückte sie seine Hand.

Sie waren inzwischen bei Holzknechts Wagen angekommen und stiegen ein. Die kurze Fahrt zum Hotel verlief in tiefem Schweigen. »Ich hoffe, ich habe Ihnen nicht den Abend verdorben«, sagte Wilfried nach einer Weile.

»Das hat schon ein anderer übernommen«, entgegnete Lena und verfiel erneut in Schweigen, sah dabei aus dem Seitenfenster hinaus, obwohl sie von ihrer Umgebung, wie Wilfried richtig vermutete, nicht viel wahrnahm.

Er konnte sich schon denken, woran sie dachte: Max Roemers Weggang nach New York. Erwog sie, mit ihm zu gehen? Einen Augenblick lang dachte er, dass das vielleicht auch für ihn die beste Lösung gewesen wäre. Dann hätte er sich leichter von der Firma und von seinen ohnehin unerfüllbaren Hoffnungen verabschieden können. Doch er verwarf diese Gedanken wieder. Kurz dachte er auch daran, ihr endlich den eigenmächtigen Verkauf ihrer Anteile zu beichten, unterließ es aber, denn jetzt war wirklich nicht der richtige Zeitpunkt dafür.

Schließlich kamen sie vor dem Hotel an. Lena verabschiedete sich rasch, sie war unverkennbar mit ihren Gedanken und Gefühlen bereits bei Max Roemer. Dennoch blieb sie neben dem Auto stehen, bis Holzknecht weggefahren war. Erst dann ging sie zum Eingang des Gebäudes, über dem sich die Fahnen vieler Nationen müde im flauen Wind regten. Die Türen fuhren automatisch auseinander.

Mit pochendem Herzen durchquerte sie die Hotellobby. Der Aufzug brachte sie nach oben. Hastig überprüfte sie Frisur und Make-up. Dann trat sie in den Flur. Ihr Herz schlug immer heftiger. Sie rechnete mit allem: mit quälenden Gesprächen; mit Vorwürfen; mit Beteuerungen und mit Tränen. Aber nicht mit dem, was geschah, als sich die Tür auftat, schon kurz nachdem sie geklopft hatte. Sie sah Max vor sich: diesmal nicht im Anzug, sondern in einem schwarzen Rollkragenpullover und seine Augen strahlten eine solche Liebe, ein solches Verlangen aus, dass alle Last von ihr abfiel. Nein, sie wollte jetzt nicht reden, und kaum war sie sich dessen bewusst geworden, hatte er sie auch schon in seine Arme gezogen und seine Lippen auf die ihren gedrückt, während die Tür hinter ihr ins Schloss fiel.

Das war ein Tag gewesen, wie Birgit ihn niemandem wünschte, außer vielleicht Lena. Pustend stieg sie aus dem Wagen. Ihre Schultern schienen ihr mit Steinen bepackt, als sie sich die Stufen zum Eingang der Villa hinaufschleppte. Das würde sie Holzknecht heimzahlen! Wenn er schon keine Lust gehabt hatte, nach Wasserburg zu fahren, hätte er ihr wenigstens Bescheid sagen können. Dann wäre sie auch in Augsburg geblieben. So aber hatte sie sich stundenlang das Lamentieren des dortigen Fertigungsleiters anhören müssen und den in schöner Regelmäßigkeit wiederkehrenden Satz: »Bei Frau Czerni gab es auch Stress und Engpässe, aber so ein Chaos …«

Birgit stieg die Treppe in die erste Etage hinauf. Die Tür zu Inges neu eingerichtetem Büro stand offen. Wie es aussah, hatten sie und Felix sich wieder versöhnt, denn sie küssten sich innig, wie Frischverliebte. Als Felix den unerwünschten Zaungast ihrer Leidenschaft bemerkte, stieß er die Tür mit dem Fuß zu.

Birgit setzte ihren Weg in den Konferenzraum fort, wo Roland gerade mit Ewald Kunze telefonierte, wie sie seinen Worten entnahm. Müde ließ sie sich auf einen Stuhl fallen, atmete nur einmal tief durch, um dann den Laptop heranzuziehen. Bestimmt warteten Dutzende von E-Mails darauf, von ihr bearbeitet zu werden.

Inzwischen hatte Roland sein Gespräch beendet. Er sprühte nur so vor Energie und erklärte, Kruse werde sich in seinem Investment-Club ebenfalls für ihn stark machen. »Das sind zwar nur 1,3 Prozent, aber immerhin.«

Birgit hatte dafür nur ein Schulterzucken übrig. Erst jetzt fiel ihm auf, wie erledigt sie aussah. »Alles klar?«, wollte er wissen. Daraufhin schoss alles aus Birgit heraus. Sie erzählte von ihrem schrecklichen Tag. Ihr Ton wurde dabei immer sarkastischer. Roland ließ sich seine Stimmung indes nicht verderben. Das milde Lächeln blieb auf seinen Lippen, ohne auch nur im Geringsten angestrengt zu wirken. Als Birgit sich wieder ihrem Laptop zuwenden wollte, schaltete er das Gerät einfach aus. »Heute wird nicht mehr gearbeitet«, sagte er. »Heute wird gefeiert. Felix hat im *Valencia* einen Tisch reserviert.«

Fassungslos sah Birgit ihn an. Wie konnte er in einer solchen Situation von Feiern reden? So ziemlich alles, was sie anfassten, ging schief, und ihre reifste Leistung war vielleicht die, dass bisher kaum jemand außerhalb der Firma etwas davon gemerkt hatte. Aber wie lange würde das noch so bleiben? »Was haben wir denn zu feiern?«, fragte Birgit gereizt. »Wenn ich ehrlich bin, ich krieg es langsam mit der Angst.«

Roland ließ sich davon nicht beeindrucken. Die Tür ging auf, und Felix und Inge kamen schäkernd herein, um ihn und Birgit abzuholen. Nur widerwillig ließ Birgit sich von Roland mitziehen. Er war glücklich, weil er sich schon im Vorstand wähnte. Aber vielleicht ist das gar kein so großes Glück, dachte Birgit. Vielleicht ist es eher ein Verhängnis. Es gab Momente, in denen bereute sie, sich das alles angetan zu haben.

Kiss and tell

Roland schaute auf die Uhr. Der Flieger aus Düsseldorf musste schon gelandet sein. Der Regen fiel jetzt nicht mehr so dicht wie auf der Fahrt zum Flughafen. Trotzdem, die Stimmung war noch immer trist und passte zu dem, was Birgit ihm telefonisch über den Verlauf der Messe erzählt hatte. Er konnte sich kaum vorstellen, dass sie Recht damit hatte, denn die Presse im Vorfeld der Messe war hervorragend gewesen, vor allem für die von ihr ins Leben gerufene Exklusiv-Linie. »Innovativer Stil in der Fashion Factory«, hatte die Vogue geschrieben. Den Fachleuten schien Kruses erste Kollektion zu gefallen. Blieb nur zu hoffen, dass die Kundschaft sich dem Urteil anschloss und kaufte.

Die automatischen Türen des Flughafengebäudes öffneten sich, Birgit und Felix kamen ins Freie, ihre Koffer hinter sich herziehend. Roland stieg aus, winkte und öffnete den Kofferraum. Den Mienen der beiden sah man den Dauerstress der letzten Tage deutlich an. Sie waren blass und abgehärmt. Roland kannte den Messezirkus aus früheren Jahren. Keine Sekunde hatte er bedauert, dieses Mal nicht dabei gewesen zu sein, sondern in Augsburg die Stellung gehalten zu haben. »Wie ist es gelaufen?«, fragte er, als sie bei ihm waren.

»24 Prozent weniger als im Vorjahr!«, stieß Felix frustriert aus und warf sein Gepäck in den Kofferraum.

Roland runzelte die Stirn. Dann half er Birgit mit ihrem Koffer. So ermattet hatte er sie selten erlebt. Seit einigen Tagen schon spürte er, wie ihre Zuversicht und mit ihr die Kräfte schwanden. Er glaubte den Grund dafür zu kennen. Sie ging einfach zu verbissen an alles heran. Höchste Zeit, dass er endlich in den Vorstand gewählt wurde, um das Ruder in die Hand zu nehmen. Noch heute sollte die Wahl über die Bühne gehen, die Versammlung war für den Nachmittag anberaumt.

Während Felix schon einstieg, nahm Roland Birgit in den Arm. Müde lehnte sie sich an ihn und schloss für einen Moment die Augen, um sich wenigstens kurz aus der unerfreulichen Wirklichkeit wegzustehlen.

»Jetzt steigt schon ein!«, kam es da aus dem Wageninneren. »Ich muss dringend aufs Klo!«

»Schon wieder?«, fragte Birgit erstaunt. In den letzten beiden Tagen war Felix beinahe jede halbe Stunde zur Toilette gelaufen und hatte über fürchterliches

Brennen beim Wasserlassen geklagt. »Ich muss mir in der zugigen Halle was geholt haben«, erklärte er nun.

»Wohl eher bei einem der Models, dem du an die Wäsche gegangen bist«, scherzte Roland, während er und Birgit einstiegen. Die Autotüren schlugen zu.

»Wann denn? Und wie?«, brauste Felix gereizt auf. »Ich hab von morgens früh bis Mitternacht auf dem Stand den Hampelmann gespielt. Danach war ich tot. Und alles war für die Katz!«

»Die anderen haben allerdings auch nicht besser abgeschnitten«, wandte Birgit ein. Es war ein schwacher Trost.

»Warten wir den Verkauf über das Internet ab«, sagte Roland und fuhr los.

Auf dem Weg zur Firma setzte Roland Felix am Krankenhaus ab. Seine Beschwerden waren dem Sonnyboy nicht ganz geheuer und trugen mehr zu seiner schlechten Laune und der Verunsicherung bei als das enttäuschende Messeergebnis. Roland und Birgit hofften inständig, dass nichts Schlimmeres dahinter steckte, denn in dieser angespannten Situation hätten sie unmöglich auf ihren Vertriebsleiter verzichten können.

Als sie sich Leo Waitz' Kiosk näherten, sahen sie diesen heftig mit einer Zeitschrift winken. Lief sein Zeitschriftenverkauf etwa so schlecht, dass er auf eine derart massive Verkaufsstrategie verfallen war? Roland hielt an. Das Seitenfenster war erst halb heruntergefahren, da schob Leo schon die Illustrierte ins Wageninnere. »Das ist heute Morgen angeliefert worden«, sagte er.

Es handelte sich um eine jener Zeitschriften, die auf eine Mixtur aus weiblichen Reizen und skandalträchtigen Geschichten setzten, um ihre größtenteils männliche Leserschaft anzusprechen. »Das gibt's doch nicht«, entfuhr es Roland beim Anblick der nur spärlich bekleideten Frau auf dem Titelblatt. Es war unverkennbar seine Ex-Frau Silke. Allerdings waren die Fotos sichtlich älteren Datums. Nicht genug damit, versprach eine dicke Schlagzeile Sensationsgeschichten: *Kiss and tell – Enthüllungen aus erster Hand.* Roland schwante Schlimmes. Er gab Birgit die Illustrierte und fuhr weiter.

Auf der kurzen Fahrt zur Villa blätterte Birgit nicht nur weitere freizügige Fotos von Silke auf, sondern fand auch einen ausführlichen Auszug aus Rolands Roman, in dem er namentlich als Verfasser genannt war. Für Birgit stand sofort fest, wer für diese Veröffentlichung die Verantwortung trug: Silke selbst. Roland indes konnte sich das nur schwer vorstellen. »Sie würde nie zulassen, dass ihr Foto auf die Titelseite kommt«, gab er zu bedenken. »Sie hat mit ihrer Vergangenheit abgeschlossen.«

Für Birgit bewies das gar nichts. Sie hielt Silke für ein geldgieriges, intrigantes Luder, das es von Anfang an nur darauf angelegt hatte, Roland auszunehmen. Bestimmt würde sie sich bald mit erpresserischen Forderungen in Rolands Leben zurückmelden. Doch wie auch immer, diese Veröffentlichungen durften nicht weitergehen. »Du musst das stoppen!«, verlangte sie.

Als ob er das nicht selbst gewusst hätte. Unpassender hätte diese Veröffentlichung kaum kommen können. Wenn August Meyerbeer davon erfuhr, würde er ihm die Unterstützung bei der Wahl in den Vorstand sicher wieder entziehen und nicht einmal Birgit würde ihn dann noch einmal umstimmen können.

In der Villa angekommen, wies Roland Inge an, Rechtsanwalt Heidenreich anzurufen. Außerdem musste sie ihm Silkes Telefonnummer in Padua, wo diese ihren Medizinabschluss machte, aus dem Adressverzeichnis heraussuchen. »Ein Gutes hat das Ganze ja«, befand Birgit, als sie im Konferenzraum unter sich waren. »Die Geschichte lenkt von unseren schlechten Umsätzen ab.«

Roland sah sie ungläubig an. Wenn das ein Witz sein sollte, dann war es kein sehr guter. Er konnte jedenfalls nicht darüber lachen. Während er sich einen Cognac eingoss, setzte sich Birgit und schlug die Illustrierte auf. Sie las Auszüge vor, in denen von Preisabsprachen und Schmiergeldern für Einkäufer und Auftraggeber die Rede war. Roland erkannte die Sätze sofort als die seinen wieder. Allerdings schilderte er darin nicht den aktuellen Zustand der Branche, sondern eine Situation, die zwanzig Jahre zurücklag. Damals waren reihenweise Betriebe Bankrott gegangen und nicht wenigen war jedes Mittel recht gewesen, um über die Runden zu kommen.

Das Telefon klingelte. Roland nahm ab. Inge ließ wissen, dass sie Dr. Heidenreich am Apparat habe. »Stellen Sie durch«, sagte Roland, und fügte, an Birgit gewandt, hinzu: »Jetzt bereite ich dem Spuk ein schnelles Ende.«

Die skandalträchtige Veröffentlichung in dem zwielichtigen Blatt hatte schnell in der Firma die Runde gemacht und rasch auch den Weg zu Wilfried Holzknecht gefunden. Er hatte eben schweren Herzens Uwe Liebers Kündigung entgegengenommen, um dann, als wäre eine Hiobsbotschaft nicht genug gewesen, von Frau Schäufele die Illustrierte ausgehändigt zu bekommen. Wortlos blätterte Wilfried in dem mehrseitigen Artikel, von dem eine Fortsetzung angekündigt wurde, und las dabei einige Auszüge. Starker Tobak, so viel stand fest. Obwohl Birgit und Roland sicher ebenso empört über die Veröffentlichung waren wie er, passte sie irgendwie doch ins Bild einer Geschäftsleitung, die in jeder Hinsicht unsolide war.

Immerhin erkannte Wilfried nach dem ersten Schock, dass das Erscheinen des Romanauszuges auch etwas Gutes mit sich brachte. Als Vorstand war Roland jetzt vermutlich nicht mehr tragbar. Er konnte sich jedenfalls nur schwer vorstellen, dass August ihm nach dieser neuen Entwicklung noch seine Stimme geben würde.

Holzknecht nahm sein Sakko von der Lehne des Bürostuhls, schlüpfte hinein und steckte die zusammengerollte Illustrierte in die Innentasche. Er musste Lena diese Neuigkeiten unbedingt selbst überbringen – und ihr bei der Gelegenheit endlich reinen Wein einschenken, was ihre und Florians Anteile betraf. Nach der Versammlung heute Nachmittag würde es sich sowieso nicht mehr verbergen lassen.

Als er sich bei Frau Schäufele für ein oder zwei Stunden abmeldete, erinnerte diese ihn an einen Termin mit Max Roemer. Den hatte er in dem Trubel ganz vergessen. »Herr Roemer muss schon auf dem Weg zu Ihnen sein«, meinte die Sekretärin. Holzknecht überlegte kurz und sagte dann: »Kann ich nicht ändern, entschuldigen Sie mich bei ihm.« Eilig verließ er das Büro. Auf eine Begegnung mit dem Mann, dem Lena ihr Herz geschenkt hatte, war er ohnehin nicht erpicht.

Seine Freude war allerdings verfrüht. Als er das Verwaltungsgebäude verließ, sah er an der Pforte ein Taxi stehen, aus dem Max Roemer gerade ausstieg. Der Banker hatte Holzknecht auch schon bemerkt. Er steckte dem Fahrer rasch einen Schein zu, dann kam er mit großen, selbstbewussten Schritten auf ihn zu. Holzknecht ging ihm auf halbem Weg entgegen. Nachdem die beiden Männer sich die Hände gereicht hatten, entschuldigte Wilfried sich dafür, dass er den Termin nicht wahrnehmen könne. »Ich muss dringend zu Frau Czerni.«

»Das trifft sich ausgezeichnet!«, entgegnete Max lächelnd. »Ich wollte auch zu ihr. Nehmen Sie mich mit? Was ich Ihnen zu sagen habe, lässt sich auch unterwegs erledigen.«

Holzknecht rang sich ein Lächeln ab, obwohl ihm Max' Begleitung überhaupt nicht passte. Doch wie sich seiner erwehren? Ihm fiel nichts ein, und so gingen sie Seite an Seite zu seiner Limousine. »Ich dachte, Sie hätten Ihren Posten bei der Weltbank in New York schon angetreten«, sagte er, um peinlichem Schweigen zuvorzukommen.

Max sah ihn erstaunt an. »Woher wissen Sie davon?«, fragte er.

»Es stand im letzten *Banker Newsletter*. Stimmt es etwa nicht?«

»Doch«, antwortete Max, wenn auch zögerlich.

»Darf ich fragen, was Frau Czerni dazu sagt?« Holzknecht bemühte sich, diese Frage so beiläufig wie möglich klingen zu lassen, obwohl ihn die Antwort des Bankers brennend interessierte.

»Sie weiß es noch nicht«, erwiderte Max gedämpft.

»Natürlich weiß sie es. Ich hab es ihr selbst gesagt.«

Max spürte eine seltsame Beklommenheit. »Wann?«, wollte er wissen. »Etwa letzte Woche schon?«

Wilfried nickte.

Nachdenklich stieg Max in den Wagen. Die Nacht im Hotel fiel ihm ein. Da hatte er Lena zuletzt gesehen. Ob sie da schon Bescheid gewusst hatte? Sie war so leidenschaftlich gewesen wie selten zuvor. Erst jetzt wurde ihm bewusst, wie sehr ihre Küsse schon den zartbitteren Geschmack des Abschieds in sich getragen hatten. Deshalb war sie so schweigsam, dachte er. Zuweilen war es ihm vorgekommen, als erwarte sie etwas von ihm. Ein bestimmtes Wort. Eine Geste. Ein Zeichen. Er hatte ihr jedes Mal seine Liebe beteuert und ihr gesagt, wie schön und wie einzigartig sie sei; doch sie war ihm nach jeder dieser Beteuerungen irgendwie trauriger erschienen.

Jetzt begriff er, wieso. Sie hatte geglaubt, er habe sich für New York entschieden, ohne dabei auch nur einen Gedanken an sie zu verschwenden. Max biss sich auf die Unterlippe und schluckte einen Fluch hinunter. Vor einer Woche hatte er selbst noch nicht gewusst, was er tun würde. Genau deshalb hatte er ja nicht mit ihr gesprochen. Er hatte geglaubt, er müsse erst wissen, was er selbst wolle, ehe er sie miteinbeziehen konnte. Inzwischen wusste er es. Er würde nach Amerika gehen. Und er wollte, dass sie mitkam. Blieb nur zu hoffen, dass es für ein Gespräch nicht zu spät war.

Zunächst hing jeder der beiden Männer seinen Gedanken nach. Das Thema, um das beider Gedanken kreisten, war allerdings das gleiche: Lena. Um das Schweigen zu brechen, fragte Holzknecht nach einer Weile, wieso Max ihn eigentlich habe sprechen wollen. »Das hat sich erübrigt«, teilte dieser beiläufig mit, »da Sie ja auch so von meinem Wechsel zur Weltbank erfahren haben. Ich wollte mich von Ihnen verabschieden und Sie an meinen Nachfolger bei der Bank empfehlen. Und wie läuft es so bei Ihnen?«

Obwohl Holzknecht wusste, dass Max das nicht wirklich interessierte, erzählte er ausführlich von den Schwierigkeiten der Firma. Max dagegen berichtete von den Möglichkeiten, die ihm sein neuer Posten bot. Er war zuständig für Entwicklungsländer, was bedeutete, dass er nicht mehr nur Geld auf anderes Geld häufen half, sondern auch seine soziale Gesinnung zur Geltung bringen konnte. Von Lena sprach keiner der beiden.

Lena war erstaunt, als sie gleich von zwei Männern unverhofft Besuch bekam. Und doch war eine gewisse Enttäuschung unverkennbar. Sie hatte eigentlich mit Hedda und August gerechnet, die Florian heute zurückbringen wollten. Die beiden hatten ihren Urlaub schon nach einer Woche abgebrochen. Als Grund wurde zwar angegeben, dass August die Fastenkur nicht mehr ausgehalten hatte, in Wirklichkeit lag der verkürzte Urlaub eher an Florian. Wilhelm hatte am Telefon durchblicken lassen, dass Florian unbedingt zurück zu Lena wollte und deshalb zuletzt viel geweint hatte. Lena empfand keine Befriedigung darüber. Der arme Junge, dachte sie nur.

Lena bat Max im Wohnzimmer zu warten, denn sie wollte sich erst Wilfried widmen. Dieser zeigte ihr die Illustrierte, die gerade für so viel Wirbel in der Firma sorgte. »Roland Althofer ist als Vorstand untragbar«, erklärte er sichtlich zufrieden. »Damit erübrigt sich auch die Sitzung heute Nachmittag.«

Lena teilte seine Befriedigung mitnichten. Sie bedauerte, dass Roland auf diese Weise öffentlich bloßgestellt wurde. Das hatte er nicht verdient. »Wenn die Sitzung stattfindet, sollten Sie hingehen«, bat Lena Wilfried zuletzt. »Immerhin vertreten Sie mich und Florian.«

»Nicht mehr«, sagte er da.

»Wie darf ich das verstehen?«

Nervös trat Holzknecht von einem Bein auf das andere. Dann fasste er sich ein Herz. »Ich habe Ihre und Florians Anteile verkauft.«

Lena glaubte nicht recht zu hören. »Sie haben *was?*«

»Verkauft«, wiederholte Wilfried, immer noch ohne schlechtes Gewissen. »Zum Kurs von 22,40 Euro. Jetzt steht er bei knapp vierzehn. Und er wird noch weiter sinken.«

Lena schüttelte fassungslos den Kopf. Wirtschaftlich gesehen mochte er das Richtige getan haben, aber hier ging es nicht um wirtschaftliche Prinzipien: es ging um Vertrauen. Und das hatte er missbraucht. Als er einen Schritt auf sie zu trat, wich sie sogleich um eben diesen Schritt zurück.

»Alle meine Befürchtungen haben sich bewahrheitet«, rechtfertigte er sein Handeln. »Düsseldorf war ein Flop, der Internet-Absatz liegt weit hinter den Erwartungen zurück und kann es, selbst wenn er anspringt, auch nicht mehr richten. Und jetzt das.« Er deutete auf das Magazin, das sie noch immer in der Hand hielt.

»Natürlich geht der Kurs runter, wenn innerhalb kurzer Zeit so viele Aktien auf den Markt kommen«, versetzte Lena heftig. »Erst *Rousseau* und jetzt auch noch Sie mit unseren Anteilen!«

»Roland und Felix Althofer haben gekauft«, hielt Holzknecht ihr entgegen, obwohl er wusste, dass das kein besonders starkes Argument war.

»Aber doch nicht so viel«, kam es von Lena folgerichtig zurück. »Wie steh ich denn jetzt da! Ich hab allen zugesichert, dass ich die Aktien behalte. Die werden jetzt denken, ich hätte sie betrogen.«

»Sie haben sich nichts vorzuwerfen. Ich stehe dafür gerade. Wenn Sie wollen, können Sie ja wieder kaufen. Aber erst, wenn sie bei zehn Euro stehen. Mehr sind sie nämlich zurzeit nicht wert.«

Plötzlich verstand Lena Holzknecht nicht mehr. Sie hatte geglaubt, die Firma bedeute ihm etwas. Doch jetzt sah es so aus, als sei sie auch für ihn nur das Spielfeld in einem Kampf um Macht und Geld, den er offenbar für sie führen zu müssen glaubte. Sie trat noch einen Schritt zurück und schüttelte heftig den Kopf. »Ich bin keine Spekulantin«, wies sie seinen Vorschlag aufgebracht zurück. »Warum haben Sie mich nicht vorher gefragt?«

»Weil sie Nein gesagt hätten.« Holzknecht war überrascht, wie ruhig er war. Wieso auch nicht? Er hatte das einzig Vernünftige getan. Und sie würde noch froh darüber sein.

»Natürlich hätte ich Nein gesagt!«, rief Lena aus.

»Dann wären Sie und Florian um zweieinhalb Millionen ärmer.«

Lena wusste nicht, ob sie ihm sein eigenmächtiges Handeln jemals würde verzeihen können. Jetzt jedenfalls ertrug sie ihn nicht länger, zumal ihr schmerzlich bewusst wurde, dass durch sein Handeln Cornelias letzter Wille missachtet wurde. Auf dem Sterbebett hatte Lena ihr versprochen, sie werde Florians Firmenanteile unter keinen Umständen verkaufen.

»Es ist besser, wenn Sie jetzt gehen«, sagte sie mit erstickter Stimme.

Holzknecht nickte. Er war erleichtert, die schwere Last endlich nicht mehr auf der Seele zu haben, und vertraute darauf, dass sie, wenn sie sich wieder beruhigt hatte, die Unausweichlichkeit seines Handelns einsehen würde. Mit dieser Hoffnung verließ er die Wohnung.

Unterdessen trat Max Roemer aus dem Wohnzimmer. Er hatte das meiste von dem Gespräch mitbekommen. Lena kam ihm entgegen und fiel ihm um den Hals. »Halt mich ganz fest!«, bat sie ihn. Er legte seine Arme um sie und küsste sie. »Kannst du bis morgen bleiben?« Es war nicht nur eine Frage, sondern eine Bitte. Sie brauchte ihn jetzt so sehr.

Doch er verneinte. »Mein Flug nach Zürich geht um 18 Uhr 30.«

Enttäuschung machte sich auf Lenas Miene breit. Einen Moment lang hatte sie die Realität ausgeblendet und sich einem Traum hingegeben. Doch nun zerriss diese Illusion wie ein Vorhang, sie sah die Wirklichkeit wieder klar vor sich. Die Wirklichkeit aber war, dass er sich entschieden hatte fortzugehen, nicht nur für heute, sondern für immer, und dass sie bei dieser Entscheidung keine Rolle gespielt hatte.

Lena entwand sich seiner Umarmung. Max verstand. »Warum hast du letzte Woche nichts gesagt?«, fragte er. »Da wusstest du doch schon von New York.«

»Warum ich nichts gesagt habe?«, gab Lena ungläubig zurück. »Wäre es nicht an dir gewesen zu reden?«

»Die endgültige Zusage kam erst gestern«, verteidigte sich Max. »Bis dahin hatte ich mich noch nicht entschieden.«

»Aber jetzt hast du dich entschieden.«

Er sagte nichts, doch Lena konnte die Antwort in seinen Augen lesen. Enttäuscht wandte sie sich ab. Max hielt sie fest. »Ich wollte ja mit dir reden«, behauptete er, obwohl es nicht stimmte, »aber ...« Ihre Blicke durchdrangen sich, doch sie wuchsen nicht mehr zu einer Einheit zusammen. »Komm mit mir, Lena!«, beschwor er sie. »Es muss nicht sofort sein. Ich kann in die Wohnung meines Vorgängers ziehen. Central Park West, mit einem traumhaften Blick über den Park. Nimm Florian einfach mit. Wenn du willst, kannst du auch arbeiten. Als meiner Frau wird dir sofort eine Green Card ausgestellt.«

Er hatte sich also tatsächlich entschieden. Was würde passieren, wenn sie ihn bitten würde zu bleiben, um ihretwillen? Es war überflüssig, ihn das zu fragen, sie kannte die Antwort bereits. Lena löste ihre Hand aus der seinen und wandte sich ab. Eine Weile stand sie schweigend da und kehrte ihm den Rücken zu. Sie musste erst einmal verdauen, was sie gerade erfahren hatte. Es ist schon merkwürdig, dachte sie. Sie stellen mich alle auf einen Sockel, aber wenn es um wichtige Entscheidungen geht, schert sich kein Mensch um mich.

»Was ist das nur mit euch Männern?«, sagte sie schließlich und drehte sich ihm wieder zu. »Dr. Holzknecht verkauft einfach meine Anteile, ohne mir was zu sagen. Und du nimmst einen Job am anderen Ende der Welt an und stellst mich damit vor vollendete Tatsachen.«

Tränen traten in ihre Augen. Max kam auf sie zu.

Er hatte sie falsch eingeschätzt. Er hatte geglaubt, dass sie jetzt, da sie nicht mehr für *Althofer* arbeitete, frei sei, mit ihm zu gehen, wohin sie wollten. Wohin *er* wollte. Er hatte geglaubt, sie würde sich für ihn freuen. Für sie beide sollte ein neues Leben beginnen.

Traurig sah Lena ihn an. »Wovor hast du Angst?«, fragte sie mit brüchiger Stimme und fügte, da er eine Antwort schuldig blieb, hinzu: »Ich komme mit vielem klar. Aber nicht mit so was.«

Max schlug die Augen nieder. Wovor hast du Angst?, hallte es in ihm wieder. Nein, er hatte keine Angst. Sie war diejenige, die Angst hatte. Er bot ihr die Möglichkeit, ein neues Leben in einer aufregenden Stadt zu beginnen. Ein Leben, zu dem ihr bisheriges Leben in Augsburg bald nur noch wie eine Episode, wie ein müdes Vorspiel erscheinen würde. Er legte ihr buchstäblich die Welt zu Füßen. Und sie? Sie klammerte sich an ihr Provinznest, als sei es der Nabel der Welt. Was glaubte sie, hier erreichen zu können? »Komm mit mir!«, bedrängte er sie. »Hier vergammelst du doch nur! Und die Firma geht sowieso den Bach runter!«

Wortlos wandte Lena sich ab und ging an ihm vorbei. Sie hätte nicht gedacht, dass sie beide so schnell an diesen Punkt kommen würden, nach all den wundervollen Worten, mit denen Max ihre Liebe beschworen hatte. Die Wahrheit aber war: Im Mittelpunkt seines Lebens stand nur er allein, und sie konnte, wenn sie wollte, bestenfalls um diese Mitte kreisen. Er liebte sie so, wie er alles andere liebte, das er erreichen und erobern wollte. Das war eben seine Art zu lieben. Er konnte vermutlich nicht anders. Es ihm vorzuwerfen, war sinnlos. Aber es war nicht die Art von Liebe, mit der sie auf Dauer glücklich werden würde.

Ohnmächtig sah Max zu, wie sie sich von ihm abwandte und den Raum verließ. Wenig später hörte er die Schlafzimmertür zufallen. Er wollte ihr folgen, fand die Tür aber verschlossen.

»Ich hatte gehofft, du würdest dich für mich freuen«, sagte er, gegen die Tür gelehnt. »So einen Job kriegt man nur einmal im Leben angeboten. Ich kann etwas bewegen, kann von Nutzen sein für Länder in der Dritten Welt. Das ist etwas anderes als nur Geld scheffeln. Ich liebe dich, Lena! Wieso willst du nicht mit mir kommen?«

Keine Antwort. Max erkannte, dass er nichts ausrichten würde, und unterließ alle weiteren Versuche, sie zu überreden. Obwohl bis zu seinem Abflug nach Zürich noch mehrere Stunden blieben, rief er ein Taxi. Was sollte er hier noch? Das, was er sich als Zukunft ausgemalt hatte, lag zumindest teilweise in Trümmern.

Lena blieb im Schlafzimmer, bis er weg war. Kurz nachdem sie die Wohnungstür zugehen gehört hatte, kam sie heraus. Die Stille, die er hinterlassen hatte, bedrückte sie. Sie fiel auf das Sofa, drückte das Gesicht in ein Kissen und schluchzte hemmungslos los. Sie trauerte um ihre enttäuschte Liebe, ihre zerstörten Hoffnungen, ihr verlorenes Glück. Für kurze Zeit hatte sie wirklich an die Möglichkeit einer glücklichen Zukunft geglaubt. Es war vorbei. Als sie keine Tränen mehr hatte, lag sie nur noch da und schaute vor sich hin. Der Schmerz pulsierte nicht mehr so heftig, die Abstände zwischen den einzelnen Schüben wurden länger. Ihre Seele beruhigte sich wie das Meer nach einem heftigen Sturm.

Etwas von ihrer Freude kehrte zurück, als Wilhelm und August Florian brachten. Obwohl sie ihre Tränen abgewischt und ihr Make-up aufgefrischt hatte, ehe sie zur Tür gegangen war, hatte Wilhelm bemerkt, dass es ihr nicht gut ging. Doch sie tat seine Frage nur mit einem knappen »Nichts Schlimmes« ab und wandte sich lieber Florian zu, der sich überglücklich in ihre Arme warf. »Wo ist Hedda?«, fragte Lena schließlich.

»Sie wollte nicht mitkommen«, teilte Wilhelm mit. »Sie schämt sich, weil sie so egoistisch war. Außerdem tut es ihr weh zu sehen, dass Florian dich mehr liebt als sie. Sei also nicht zu streng mit ihr, wenn du sie mal wieder siehst.«

Lena versprach es. Wilhelm hätte gerne noch erfahren, was sie bedrückte, doch August drängte zum Aufbruch. Der Beginn der, wie er es nannte, »unseligen Sitzung« in der Firma rückte näher und er wollte diesen Termin so schnell wie möglich hinter sich bringen.

Nervös lief Roland vor dem Fenster auf und ab, sah dabei abwechselnd auf die Uhr und auf den Hof hinaus. Nur noch zehn Minuten bis Sitzungsbeginn, doch von den Teilnehmern war weit und breit nichts zu sehen. Er war froh gewesen, dass August früher als erwartet aus dem Urlaub zurückgekehrt war, denn so hatte er die Zusammenkunft kurzfristig ansetzen können. Eigentlich konnte bei der Abstimmung nichts schief gehen, zumal Dr. Holzknecht seine Teilnahme eben abgesagt hatte. Trotzdem wurde er nicht ruhig, denn zu viel hing davon ab. Die Befürchtung keimte in ihm auf, Meyerbeer könne von dem illegalen Abdruck aus seinem Roman schon erfahren haben und zur Sitzung erst gar nicht erscheinen, um so die Abstimmung platzen zu lassen.

Da vernahm er, wie jemand vor die Villa fuhr. Er schaute aus dem Fenster. Es war Felix. Wenig später hörte er seine Schritte auf der Treppe. Doch es dauerte, bis er in den Konferenzraum trat, denn er machte noch im Büro seiner Lebensgefährtin Inge Station. Offenbar hatte die ihn zwischen ihren Küssen über die neusten Entwicklungen informiert, denn als er zu Roland und Birgit in den Sitzungsraum kam, wandte er sich sogleich an seinen Bruder: »Wenn du Silke in Padua suchst, wirst du sie nie finden. Sie ist nämlich wieder in Augsburg und arbeitet als Ärztin im Praktikum am *Vincentinum*. Ich hab sie dort getroffen.«

Gleichermaßen erstaunt und erleichtert sah Roland seinen Bruder an. Dass Silke im Krankenhaus arbeitete, ließ es endgültig als unwahrscheinlich erscheinen, dass sie hinter der Veröffentlichung steckte. Sie hatte eine eigene Existenz, ein eigenes Leben. Welchen Grund sollte sie haben, ihm zu schaden?

»Was hat eigentlich der Arzt gesagt?«, fragte Roland.

»Sie haben ein paar Tests gemacht«, erzählte Felix, »erst dann wissen sie Genaueres. Vorerst muss ich alle zwei Stunden Tabletten schlucken.«

Schon während Felix' letztem Satz hatte Roland einen Wagen heranfahren gehört. Er trat ans Fenster. Meyerbeer mit Wilhelm; außerdem hatten sie Ewald Kunze, der als Vertreter des Investment-Clubs ebenfalls geladen worden war, von der Pforte mitgenommen. Roland hatte ihn nicht dazugebeten, weil es ihm auf das eine Prozent angekommen wäre, das Kunze vertrat, sondern weil er durch Kunzes Votum seinen Rückhalt in der Belegschaft demonstrieren wollte.

Roland spürte eine Enge in der Brust, als er August schon auf der Treppe lauthals über die skandalöse Veröffentlichung schimpfen hörte. Er wechselte einen unsicheren Blick mit Birgit. Das ließ nichts Gutes erwarten. Würde Meyerbeer seine vorab gegebene Zustimmung wieder zurücknehmen?

Ohne Roland eines Blickes zu würdigen, ging August auf seine Tochter los. »Dieser Bericht in dem Schundblatt«, bellte er sie an, »das ist doch alles nicht wahr, oder?« Wilhelm indes wandte sich an seinen Sohn mit der etwas versöhnlicher vorgetragenen Frage: »Wie konnte so was nur passieren?« Sorgenfalten liefen über seine Stirn.

Roland trat vor die versammelten Sitzungsteilnehmer. »Wir sind gerade dabei herauszufinden, wie das passiert ist«, erklärte er, ohne sich die Unruhe in seinem Innern anmerken zu lassen. »Herr Dr. Heidenreich hat dem Verlag eine einstweilige Verfügung zukommen lassen. Es wird also zu keiner weiteren Veröffentlichung dieser Art kommen.«

»Ich will das Schmierblatt sehen!«, verlangte Meyerbeer.

Birgit schaute unschlüssig zu Roland herüber. Der nickte. Daraufhin kramte sie die Illustrierte aus einem Stapel anderer Zeitschriften, in dem sie sie versteckt hatten, hervor. Sie schlug die entsprechenden Seiten auf und reichte sie ihrem Vater. Wilhelm trat hinter ihn, schaute ebenfalls auf die Seiten. Schließlich ließ Meyerbeer das Heft auf den Tisch segeln. Nun nahm es Felix in die Hand, um sich ein Bild zu machen.

»Was glaubst du, was die Aktionäre von einem Vorstand halten«, schimpfte August unterdessen los, »der die eigene Branche und Familie derart durch den Dreck zieht.«

»Die Sätze sind alle aus dem Zusammenhang gerissen«, verteidigte sich Roland, nun ebenfalls mit erhobener Stimme. »Wenn ich wollte, könnte ich den Verlag zu einer Gegendarstellung zwingen.«

»Aber das machen wir vorerst nicht«, sprang Birgit ihm bei, »um nicht noch mehr Staub aufzuwirbeln.«

»Dieses Blatt lesen sowieso nur unterbelichtete Gemüter«, warf Felix ein.

August sah fassungslos in die Runde. Offenbar hatte keiner hier den Ernst der Lage erfasst. »Heute mögen das nur Dummköpfe lesen«, stieß August heftig aus, »aber morgen greift es auch die seriöse Presse auf. Und dann haben wir einen Vorstand, der sich nirgends mehr blicken lassen kann.«

In Rolands Bauch zog sich etwas zusammen. Seine schlimmste Befürchtung schien sich zu bewahrheiten. Stellte Meyerbeer seine Zustimmung damit wieder in Frage? Er musste das verhindern. Bloß wie? Jedenfalls durfte er jetzt keine Nerven zeigen. Sonst würde Meyerbeer ihn vollends für einen Schwächling halten. Er musste Herr der Lage bleiben.

»Ich hab mir nichts zu Schulden kommen lassen, August«, stellte er sachlich, aber mit großem Nachdruck fest. »Ich bin reingelegt worden. Statt hier rumzuschreien, solltest du uns lieber helfen, das Problem zu lösen.« Er wandte sich nun an alle. »Wieso setzen wir uns nicht und beginnen endlich mit der Sitzung?«

August schnaufte, doch er schwieg. Offenbar hatte Roland dazugelernt. Kein großes Gezeter machen, sondern handeln – diese eigentlich typisch Meyerbeer'sche Devise schien er sich zu Eigen gemacht zu haben. Der Punkt ging zweifellos an ihn. Birgit nahm das Schweigen ihres Vaters als einen Teilsieg. Zufrieden und stolz zugleich lächelte sie Roland zu.

Doch August war nur für den Augenblick ruhig gestellt. Kaum hatte er Platz genommen, da fiel ihm auf, dass Wilfried fehlte. »Wir fangen nicht ohne Dr. Holzknecht an«, erklärte er. Zu seinem Erstaunen erfuhr er nun, dass sein Freund abgesagt hatte. »Wieso denn das?«, fragte er verdutzt.

Birgit sah ihren Vater mit einem ironischen Lächeln an. »Wieso wohl?«, gab sie zurück. Alle wandten sich ihr zu. Sie genoss die Spannung. »Dr. Holzknecht hat bisher Lenas Anteile vertreten«, sagte sie schließlich. »Wenn er nicht gekommen ist, kann das doch nur heißen, dass er nichts mehr zu vertreten hat. Lena hat verkauft.«

»Das ist ausgeschlossen!«, widersprach Wilhelm heftig. »Sie hat mir zugesichert, dass sie die Anteile behält, zumindest die von Florian. Das war Cornelias ausdrücklicher Wunsch!«

»Zu mir hat sie das Gleiche gesagt!«, pflichtete Kunze bei. »Sie hat mir geraten, die Aktien des Investment-Clubs ebenfalls zu halten.«

»Natürlich«, warf Roland ein, »weil sie als Erste verkaufen wollte, zu einem besseren Kurs. Wieso, denkt ihr wohl, ist der Kurs plötzlich runter auf vierzehn?«

»Sie will uns schlecht aussehen lassen«, fügte Birgit hinzu. »Deshalb hat sie ausgerechnet jetzt verkauft, wo auch *Rousseau* seine Aktien auf den Markt wirft.«

Ungläubiges Erstaunen schlug auf Ewald Kunzes Seite um in Empörung. Der Kursverfall hatte ihn und seine Mitanleger schon einen Großteil ihrer Einlagen gekostet, während die Großanleger ihre Schäfchen noch rasch ins Trockene brachten. Dennoch schwieg er. Doch die Empörung wandelte sich rasch in tiefe Verbitterung.

Unterdessen versuchte August den Controller zu erreichen, um Licht ins Dunkel zu bringen. Doch in seinem Büro war er nicht, und sein Handy hatte er abgeschaltet. Sah ganz so aus, als sei er abgetaucht. August schaute einen Moment nachdenklich vor sich hin. Das alles passte nicht zu Wilfried, der seine Integrität stets vor sich hertrug wie das Allerheiligste in der Monstranz. »Am besten wir vertagen uns«, schlug er vor, während er das Handy wegsteckte.

»Papa!«, rief Birgit heftig aus. Sie wusste: Wenn jetzt nicht abgestimmt wurde, würde Roland vielleicht nie gewählt. »Leg dich bitte nicht quer! Selbst wenn Holzknecht hier wäre, würde Roland mit Stimmenmehrheit gewählt. Außerdem hat er mein volles Vertrauen.« Sie legte ihre Hand auf die Rolands und sah ihn mit einem innigen Blick an, um sich dann gleich wieder an die Runde zu wenden. »Und wie der Erfolg in Düsseldorf bewiesen hat, sind wir auf dem richtigen Weg!«

Roland sah sie überrascht an. Sie jedoch streifte ihn nur mit einem Seitenblick, der sagen sollte: Lass mich nur machen. Auch Felix glaubte nicht recht gehört zu haben, schwieg aber ebenfalls. Nur Kunze wandte ein, Daniel Kruse habe ihm etwas anderes erzählt. »Sie kennen doch Kruse«, entgegnete Birgit mit aufgesetzter Ironie, »immer am Rande eines Nervenzusammenbruchs. Der Trend aber zeigt eindeutig nach oben. Und nur das interessiert die Anleger.«

Missmutig rieb Meyerbeer sich das von einem dünnen weißen Bart bewachsene Kinn. In einer so ungewissen Situation eine derart wichtige Angelegenheit zu entscheiden, missfiel ihm. Andererseits fühlte er wenig Neigung, diese Veranstaltung in Kürze zu wiederholen. »Na, meinetwegen«, brummte er schließlich, »stimmen wir ab.«

Die Abstimmung erfolgte per Handzeichen. Roland wurde ohne Gegenstimme gewählt. Birgit und Roland tauschten einen erleichterten Blick.

August und Wilhelm wollten keine Sekunde länger bleiben als nötig, auch Kunze suchte rasch das Weite. Birgit hörte, wie Wilhelm ihn auf dem Weg nach unten beschwor, den Stab über Lena noch nicht zu brechen, andere hinters Licht zu führen sei einfach nicht ihre Art, es würde sicher eine plausible Erklärung geben. Doch auch er schien nicht ganz frei von Zweifeln zu sein. Birgit lächelte zufrieden. Endlich begreifen einige hier, dass Lena alles andere als der blonde Engel ist, den ihre Bewunderer in ihr sehen, dachte sie.

»Nicht schlecht«, brach Felix das Schweigen, nachdem die Stimmen im Treppenhaus verklungen waren, »den Flop in Düsseldorf als Erfolg zu verkaufen. Allerdings muss Dr. Holzknecht nur einen Blick in die Auftragsbücher werfen, um sofort Bescheid zu wissen. Und wenn er es weiß, weiß es auch dein Vater.«

»Dr. Holzknecht wird nicht mehr lange genug da sein«, warf Roland ein. Er stand am Fenster und hatte auf die Firma hinausgesehen, die nun wieder unter seiner Kontrolle war. Nun drehte er sich zu Birgit und Felix um, die ihn beide erstaunt ansahen. »Wenn er erfährt, dass ich im Vorstand bin, kündigt er.«

»Dann kann ja nichts mehr schief gehen«, schloss Felix sarkastisch. Wenn die beiden weiterhin alle fähigen Mitarbeiter aus der Firma ekelten, nur weil sie ihnen ungeschminkt die Wahrheit sagten, sägten sie an dem Ast, auf dem sie saßen. Doch im Moment fühlte Felix sich zu angeschlagen für ein Streitgespräch mit seinem Bruder. Deshalb entschuldigte er sich und ließ die beiden allein.

Kaum war er fort, da sackte Birgit in sich zusammen. Die Fassade aus Souveränität und Lockerheit stürzte ein. »Das ist alles so mühsam«, klagte sie. »Ich fühle mich, als müsste ich durch Schlamm waten. Und ständig wird oben noch was draufgepackt. Dabei könnte alles so schön sein, jetzt, wo du auch im Vorstand bist und wir richtig loslegen können.«

Roland trat zu ihr und nahm sie in den Arm. Traurig stellte er fest, dass der Glanz aus ihren dunklen Augen verschwunden war. Er fragte sich, ob der Preis, den sie für ihren Erfolg bezahlten, nicht zu hoch war. Doch wie auch immer, es gab ohnehin kein Zurück mehr.

Ich muss jetzt Kraft für uns beide haben, dachte er. Er musste sie herausholen aus dem Tief, musste sie die Sorgen wenigstens für eine gewisse Zeit vergessen lassen. Und auch die Firma würde er wieder ganz nach oben bringen, wenn erst alle Fesseln alten Denkens abgestreift waren und auch der Letzte verstanden hatte, dass eine neue Zeit angebrochen war.

»Am Ende zählt nur der Erfolg«, sagte er besänftigend, so als ob er nicht den geringsten Zweifel daran habe, dass dieser Erfolg sich einstellen würde. Birgit war sich da nicht mehr so sicher. »Wie sollen wir das nur schaffen?«, fragte sie, den Tränen nahe.

»Indem wir unseren Plan umsetzen. Wir brauchen eine neue Werbeagentur, neue motivierte Mitarbeiter, einen oder zwei neue Designer. Kruse hat einfach nicht das Zeug dazu.«

Sein Selbstvertrauen gab auch ihr etwas von ihrer verlorenen Zuversicht zurück. In seinen Armen fühlte sie sich geborgen. In Momenten wie diesen spürte sie erst, wie tief ihre Liebe zu ihm war.

Das Klingeln des Telefons störte die Stille. Roland nahm ab. Dr. Heidenreich war am Apparat. Er hatte herausgefunden, wie es zu der Veröffentlichung aus Rolands Roman gekommen war: Der damals mit dem Roman befasste Lektor war gekündigt worden und hatte geglaubt, sich am Verlag rächen zu können, indem er durch die illegale Veröffentlichung den guten Namen des Hauses in Verruf brachte. Somit hatte die Kampagne eigentlich gar nicht Roland gegolten, sondern dem Verlag, der sich, wie der Anwalt versicherte, öffentlich in aller Form entschuldigen würde.

Erleichtert ließ Birgit sich wieder in Rolands Arme sinken. Wenigstens diese Sache war aus der Welt geschafft. Dennoch stand ein riesiger Berg unbewältigter Probleme vor ihnen. Doch während sie den Glauben an den Erfolg allmählich zu verlieren begann, besaß Roland mehr Zuversicht denn je.

Als die Türglocke läutete, sprang Lena rasch vom Sofa auf. Im ersten Moment hoffte sie, Max sei zurückgekommen, um ihr zu sagen, dass er bliebe. Schon im nächsten Moment wusste sie, dass es nicht so sein würde. In der Tat, nicht Max, sondern Wilhelm stand vor der Tür.

»Ich dachte, du würdest nach der Sitzung mit August noch einen trinken gehen«, sagte sie auf dem

Weg ins Wohnzimmer. »Wie ist es überhaupt gelaufen? Ist Roland jetzt im Vorstand?«

»Ja. Aber um dir das zu sagen, bin ich nicht hier. Ich mache mir Sorgen um dich.« Lena hatte sich wieder gesetzt. Sie zog die Beine an und drückte ein Kissen an sich. Wilhelm sah sie einen Moment schweigend an. »Hast du geweint?«, fragte er dann. »Ist es wegen Max?«

Ein bitteres Lächeln trat auf ihre Lippen. »Er geht nach New York. Das ist beschlossene Sache. Und als ob es nicht gereicht hätte, sagt mir Dr. Holzknecht auch noch, dass er einfach meine und Florians Aktien abgestoßen hat, zu einem Kurs von 22,40 Euro. Hinter meinem Rücken! Ich dachte, ich höre nicht richtig!«

Wilhelm atmete auf. Er hatte sich also nicht in Lena getäuscht. »Gott, bin ich froh!«, sagte er. »Ich hatte schon befürchtet, du hättest das veranlasst.«

»Du weißt doch, dass ich nie meine Zustimmung gegeben hätte«, versetzte Lena heftig. Wie konnte er so was überhaupt denken!

»Aber ja«, versicherte Wilhelm. »Nur Ewald hat mich verunsichert. Birgit glaubt, du hättest das getan, um den Kurs zu drücken, damit sie schlecht aussieht.«

Lena schüttelte unwillig den Kopf. Wieso nur war Birgit so verbohrt? Aber dann kümmerte es sie schon nicht mehr, denn sie musste wieder an Max denken, der wohl gerade auf dem Weg zum Flughafen war. Tränen stiegen wieder in ihre Augen. Wilhelm erkannte, wie sehr sie litt, schloss sie in die Arme und streichelte ihr tröstend über den Rücken.

Max geht fort!, schoss es ihr plötzlich wieder durch den Kopf. Du siehst ihn wahrscheinlich so bald nicht wieder.

Und sie hatte sich nicht einmal richtig von ihm verabschiedet. Was auch immer sich gegen ihn sagen ließ, er war bestimmt kein schlechter Mensch. In vielerlei Hinsicht war er gut zu ihr gewesen, sie verdankte ihm einige der glücklichsten Momente ihres Lebens. Es war nicht richtig, ihn einfach so wegzuschicken. Und vor allem: Sie selbst wollte ihn noch einmal sehen. Sie brauchte einen Abschied.

Lena löste sich aus Wilhelms Armen. »Kannst du hier bei Florian bleiben?«, fragte sie. »Er schläft und wird die nächste Zeit wahrscheinlich auch nicht aufwachen, nur für den Fall.«

Das machte Wilhelm natürlich gerne. »Wo willst du denn hin?«, fragte er.

»Erzähle ich dir nachher.«

Schon hatte sie ihre Handtasche und die Autoschlüssel geschnappt und war zur Tür hinaus. Wie sie wusste, startete das Flugzeug um halb sechs. Das war zu schaffen. Der Augsburger Flughafen war nicht so groß, dass sie Max dort nicht gefunden hätte. Der Zufall fügte es sogar, dass sie gerade in dem Moment vor dem Flughafengebäude vorfuhr, als Max hineingehen wollte. Sie ließ den Wagen einfach stehen und lief, laut seinen Namen rufend, auf ihn zu.

Max blieb stehen und wandte sich um. Seine eben noch bedrückte Miene hellte sich auf. Im nächsten Moment lag Lena in seinen Armen und sie küssten sich.

»Ehrlich gesagt«, meinte er nach einer Weile, »ich habe nicht gedacht, dass du deine Meinung ändern würdest.«

»Das habe ich auch nicht«, entgegnete sie.

Er sah sie verdutzt an. »Das heißt, du bleibst?«

Sie nickte.

»Dann verstehe ich nicht ...«

»Ich wollte einfach Abschied nehmen von dir. Unsere Zeit mag begrenzt gewesen sein, aber wir waren glücklich. Sehr glücklich.«

Max wollte es noch immer nicht wahrhaben. »Es muss nicht zu Ende sein. Du und ich in New York. Stell es dir einfach vor. Denk darüber nach. Es wird wundervoll sein.«

Lena sah ihn an. Einen Moment lang stellte sie es sich vor. Doch dann schüttelte sie wieder den Kopf. »In einem anderen Leben vielleicht«, sagte sie.

»Gib uns nicht auf«, flehte er sie an. »Gib uns nicht auf!«

Tränen begannen wieder Lenas Augen zu füllen. »Du musst jetzt gehen«, sagte sie und küsste ihn ein letztes Mal. »Mach's gut. Und viel Glück!«

»Dir auch.«

Dann war er fort. Lena sah ihm nach, bis er in der Halle zwischen den anderen Menschen verschwunden war. Sie war traurig. Aber sie war nicht verzweifelt, denn sie hatte das gute Gefühl, sich richtig entschieden zu haben.

Und noch eine neue Geschichte rund um die Augsburger Textildynastie

Band 12
Tausendmal berührt
ISBN 3-8025-3339-9

Egmont vgs verlagsgesellschaft, Köln
www.vgs.de

Robbies neue Abenteuer

Band 2
Robbie schlägt Alarm
ISBN 3-8025-3296-1

Egmont vgs verlagsgesellschaft, Köln
www.vgs.de